KB238263

크리스천문학나무숲 앤솔러지 ①

미완성의 완성

크리스천문학나무작가회 편

────────────────────

도서출판 한글

미완성의 완성

2025년 7월 10일 1판 1쇄 인쇄
2025년 7월 15일 1판 1쇄 발행
편 집 인 신성종
주   간 이건숙
저   자 크문 문학나무문학회
문학회장 서철수
발 행 인 심혁창
편 집 장 백혜숙
운영위원 남춘길 유영자 이옥련 조부경
인   쇄 김영배
마 케 팅 정기영
펴 낸 곳 도서출판 한글
우편 04116
서울특별시 마포구 신촌로 270(아현동) 수창빌딩 903호
☎ 02-363-0301 / FAX 362-8635
E-mail : simsazang@daum.net
창   업 1980. 2. 20.
이전신고 제2018-000182

* 파본은 교환해 드립니다.
* 정가 15,000원
ISBN 97889-7073-645-7-12810

본서는 2015년부터 2024년 가을호 39호까지 계간 크리스천문학나무로 발행하다가 사정상 폐간함으로 문학나무회원들이 뜻을 모아 연간 2회 앤솔러지 크리스천문학나무숲으로 발행하게 되었습니다.

서철수 • 수필가 크리스천문학나무 작가회 회장

다시 드는 깃발 앞에서

겨울을 견디어 내는 식물을 인동초(忍冬草)라고 불린다.

여기에 합당한 식물을 꼽으라면 '동백'과 '매화'를 들 수 있다.

이 둘의 꽃말은 절개와 지조, 수줍음과 정열, 인내, 고결함, 기품, 인내를 담고 있다.

특히 '매화'는 눈 속에서도 꽃을 피운다 하여 붙여진 애칭이 '설중매'다. 단언컨대 우리 「크리스천문학나무」와도 같다고나 할까?

우리 문예지는 편집인 신성종 목사님과 주필 이건숙 사모님, 그리고 황충상 교수님의 지도 아래 인고(忍苦)의 세월, 어언 십여 년을 보냈다.

그동안 모임 장소가 없어 카페를 빌리고, 모 사무실과 몇몇 교회를 전전하는 등 마치 셋방살이 생활을 하다시피 했고, 외연 확장을 위해 국내를 넘어 미국의 유수한 집필진을 청탁하였고, 수차례 유명 강사를 초빙해 작품 지도를 받기도 했다.

이런 가운데 등단 작가 20여 명을 배출해 내는 성과를 이룩했다. 우리 회원들은 위 세 분의 노고에 깊은 감사와 존경을 표한다.

이제 우리 문예지가 다시 기지개를 켠다. 새롭게 출발한다. 성서에 "새 술을 새 부대에 담그라"는 말씀에 잇대어 방향전환을 하는 것이다. 문예지 이름과 출판사 변경이 불가피했다. 또한 집필진도 우리 회원 중심으로 하고, 발간 횟수도 년 1-2회로 조정한다.

중요한 것은 우리 기독문예지를 계승 발전시키는 데 있으며, 계속해서 다음 세대 작가를 배출해야 할 과제 또한 안고 있다. '누군가 하겠지'가 아니라 '곧, 내가(우리 회원들)' 해내야 한다. 손에 손 잡고 마음으로 하나 되면 할 수 있다고 본다.

작금은 4차 산업과 AI(인공지능)시대다. 변화의 속도가 「다니엘서」에서 말하는 말세지말에 바짝 닿아 있다. '10년이면 강산도 변한다'는 말은 실종된 지 오래다. 디지털 시대엔 1년이면 바뀌던 것이, AI시대는 하룻밤 자고 나면 다음 날엔 변해 있다.

따라가기에 버겁다. 포스트모더니즘(postmodernism)이라는 시대사조가 우리나라는 물론이고 이젠 전 세계를 장악하여 기세를 떨치고 있다. 진리와 팩트(fact)가 무너지고 정의와 공정은 저 멀리 팽개쳐져 있다. 개인주의와 자국우선주의가 바벨탑을 쌓고 있다. 뭇 사람들은 책과는 거리 두고 SNS를 통한 연락과 교제, 단편 및 왜곡된 정보에 취해 있는 실정이다.

이럴 때일수록 우리 크리스천 작가들은 깨어 있어서 주님의 문화명령(창1:28)에 충실한 수호자 역할을 수행하여야 한다. 곧 거짓과 허무와 우상을 폭로하고, 정의와 선한 일을 드러내어 사람들의 마음을 단 1밀리미터라도 온전한 쪽으로 옮겨야 할 것이다.

우리 회원 모두는 작가다. 진정한 작가는 계속 진행형(ing)으로 글 쓰는 사람을 일컫는다. 부단히 써내야 한다. 우리가 글을 쓴다는 것은 고독과 외로움과 인내를 동반하는 자기와의 싸움이고, 악한 자의 손에 있는 거대한 세상(요일5:19)과 대면하는 것이다. 곧 맞장 뜨는 최고의 수단이 글쓰기다. 주님의 이름으로 말이다.

승리는 우리 것이다. 새로 출발하는 『크리스천문학나무숲』의 무궁한 발전과 도약을 기대하고 기도한다.

"그러므로 우리가 낙심하지 아니하노니 우리의 겉 사람은 낡아지나 우리의 속사람은 날로 새로워지도다"(고후4:16)

스마트 소설

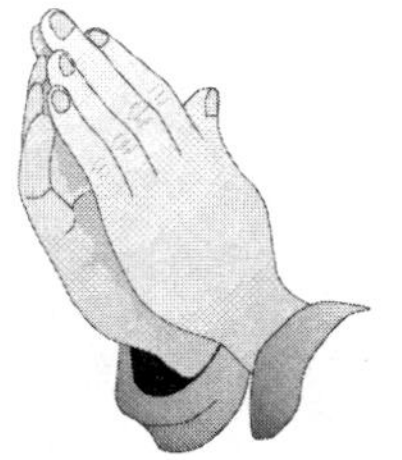

시

김충남　남춘길　신성종
신인수　신인호　이정순
임경언　정춘미　조부경
김복희　조성국　정태광

금식기도의 능력(사 58:6) 외 1편

김 충 남 목사

주린 배를 움켜쥐고
영혼의 양식을 구하며
주님 앞에 무릎을 꿇어 회개하며 간구합니다.

금식의 고요한 시간
기도의 향기를 드리오니
내 영혼을 정결케 하시고
마가요한의 다락방처럼
애통하고 회개하여
성령의 불을 받게 하옵소서.

금식하고 기도할 때마다
성령의 바람 불어와
새 힘과 용기를 주옵소서.
금식기도의 능력으로
성령충만 말씀충만 은혜충만하여

Power of Fasting Prayer (Isaiah 58:6)

Rev. Choong-nam Kim

Clasping my empty stomach
Seeking spiritual food
I repent and kneel in prayer.

In my quiet time of fasting
I will burn incense of prayer
So let my soul be purified
Like in the upper room of Mark
Lamenting and repenting
Let the Holy Spirit of fire come to me.

Every time I pray and fast
Let the winds of the Holy Spirit rise
Grant me a renewal of strength and courage
In the power of fasting prayer
Being filled with the Holy Spirit, the Word, and the favor
of God

민음의 뿌리를 깊이 내려
주님의 사랑 안에서
승리하게 하옵소서

Being deeply rooted in faith
In the love of Jesus Christ
May God grant us victory.

삼일절의 기도

3월의 첫날 태극기 휘날리며
조국의 자유를 외쳤던 그 날을 기억하네
선열들의 피와 땀이 스며든 조국에
자유와 평화의 꽃이 피어나기를 기도하네

먼 이국 땅, 별과 줄무늬의 성조기를 들고
우리의 꿈을 펼치며 살아가는 이 곳
두 나라의 우정과 번영을 위해
하나님께 간절히 두 손 모아 기도합니다

조국의 산과 들, 바다와 하늘까지
분쟁은 그치고 평화의 노래가 울려 퍼지게 하소서
이 땅에 사는 모든 이들의 마음속에
사랑과 화합의 씨앗이 자라나게 하소서

미국의 광활한 대지 위에서도
정의와 자유의 빛이 밝게 빛나게 하시고
다양한 민족들이 함께 어우러져
조화로운 세상을 만들어 갑니다

삼일절의 정신을 가슴에 새기며
두 나라의 미래를 위해 기도하오니
하나님 우리의 간구를 들으시고
은혜와 축복을 내리소서.

A Prayer of Samiljeol

Rev . Choong-nam Kim

Waving Taegeukgi on the first day of March

I imagine the day when they cried for freedom in their homeland.

In our motherland permeated with the blood and sweat of patriotic martyrs

I pray blossom of freedom and peace.

In a distant foreign land, Holding stars and stripes

Where we follow our dreams

For the friendship and prosperity of the two nations

I earnestly pray to God.

From the Mountains and fields to the sea and the sky of our homeland

Let them sing a song of peace instead of strife.

In the hearts of people of the land

Let the seeds of love and harmony grow.

In the vast land of America also
Let the light of justice and freedom glow brightly
Blended into a variety of ethnic groups
Let us create a harmonious existence.

Bearing the spirit of Samiljeol in mind
I pray for the future of the two nations
May God hear our prayer
And give us grace and blessing.

김충남

미국 캘리포니아 산호세교회 담임목사
「현대문학」 추천완료.
시인. 순결문학상(1975년)수상
총신문학상(제7회)수상
저서 『순교자 주기철 목사 생애』, 『기독교문화사』외 18권

나이 외 1편

남 춘 길

바람 소리에 실려
떠밀리어 온 나이

졸고 있는 잿빛 주름
살갗 위로
빠르게 달려온 시간들
멈출 줄 모른다

밀쳐 낼수록
한 아름 가득 품고 있는
회한의 그림자
초록빛 꿈을 수놓던
열망이
부서져 내리는 소리

시간 속 깊은 우물에
두레박줄 내리고

두텁게 살찐 나이테를
조금씩 퍼 올려 볼까

묵은 햇빛에 빗장을 열어
희미해진 햇살에
기대어

쌓아올린 나이에
꽃을
피워내 볼까!

어느 아버지의 일기

수선화처럼
곱던 아이

뜨거운 불길 속에서
천사의 날개로
날아올랐다

마음 깊이
가두었던 서러움
토해내듯

눈물범벅으로
잠들었던 날

천사가 된 딸
꿈속에서

눈물 자리
메워주며

'외로움 값이야'
나를
안아 주었다.

무안항공 사고 아버지의 일기

남춘길

『문학나무』 수필등단 『한국크리스천문학』 시 등단
한국크리스천문학가협회 부회장 및 운영이사장.
한국문인협회, 한국수필가협회, 푸른초장문학회, 별빛문학회, 송파문인협회 회원
크리스천문학나무숲 운영위원.
수필집 : 『어머니그림자』
시집 : 『그리움 너머에는, 노을빛으로 기우는 그림자』
범하문학상, 별가람 문학상 수상
남포교회 권사.

사람은 죽어서 말한다 외 2편

신 성 종

살아서 한 모든 말은
바람 되어 사라지지만
죽어서 남긴 말
산이 되고 물 되어
영원히 남아요.

살아서 말 많이 한 사람
죽은 뒤에는
남은 것 하나 없지만
죽어서 한 말은
몸으로 보여준
아름다운 덕이랍니다.

하여
살아서 한 모든 말
강이 되어 흘러가지만
몸으로 한 말은
역사의 바다에 기록됩니다.

잠 못 이루는 밤에는

시가 없었다면
잠 못 이루는 밤은
정말 지겨운 지옥이었을 겁니다.

그러나 시란 친구가 있어
잠 못 이루는 밤에도
그 친구와 함께
새처럼 하늘을 훨훨 날고
물고기처럼 바다 속을
다닐 수 있어
결코 외로움은 없습니다.

그러기에 시는 나의 반려자요
영원한 연인입니다.

미완성의 완성

다 이루었다 싶어
뒤돌아보면
아직도 미완성일 뿐
숨 가쁘게 살아온 날들인데
결국 미완성으로 끝난다

죽음으로 끝났다고
생각하지만
그러나 그것도 완성 아닌
미완성일 뿐
그래서 인생은 살맛이 난다.

신성종

연세대학교 졸업, 총회신학교 졸업
미국 Westminster 신학교 석사
미국 Temple University 석사, 철학박사
명지대학, 아세아연합신학교, 총신교수 및 대학원장 역임
대전중앙교회, 충현교회, 미주성산교회, 월평동산교회 담임
창조문예에 이성교 교수와 김소엽 시인 추천으로 시인등단
저서 : 신약신학 등 100여 권(신학부분)
시집 : 6권 출판

진리 외 1편

신 인 수

나는 따르리
주님께서 십자가로
운명의 초침을 바꾸었으니
그의 뜻을
따르리

그냥 바라만 보고
기다리며
이 세상 하늘과 땅이 바뀌어도
이 땅에 태어났으니
따르리

주님을 따르며
그와 맹세하고
마지막 순간에
나의 뜻을
이루리

나의 기도 도구는
영원히 바뀌지 않는
진리의 끝없는
약속이 되리.

기도

어둠의 기도와 함께
진리가 바뀌어도
기도는
밝은 빛

빛이 오는 길을
맞이하는 기도는
영원히 바뀌어도
남으리

나의 기도는
사랑.

영원히 알 수 없는
사랑만으로도
길을 밝혀주는
끝없는 기도.

사랑의 기도는

영원히 바뀌지 않는
진리의 도구.

신인수

1993년 자유문학 청소년시로 등단
한국저서:『사랑 만들기』, 『꽃이 지고 있다』, 『아프리커 벚꽃나무』, 『화려한 키스축제』
미국저서: 미국이름 Philip Shin
The Flying Flower, My Poem Connection,
Physics Poem as Love, 외 9권
Ebooks:The God, Physics in Love 외 8권

더욱 아름다워 보인다 외 1편

임 경 원

피아노에 두 손이 달라붙는다
거미같이 기어가는 두 손

IMF 맞아 피아노를 그만 두어야 하나
고민했던 최고를 능가하는 피아니스트 손열음
그 격정적 선택에 피아노는 아름답다

손열음의 신앙고백
오로지 주님을 위해 피아노를 치겠다는
간증을 듣고
손열음은 더욱 아름다워 보인다

블라디미르 호로비츠의 뒤를 잇는다는
피아니스트 임윤찬
하지만 가장 중요한 것이 빠져있어
음악은 텅비었고
별들은 노래하지 않는다
피아니스트 손 열음
그 고백에 별들은 춤을 추고
집앞 가로등은 쓸쓸함을 접는다

낡은 손

초로의 나이에 핀 피아니스트
손은 낡아서 주름투성이
하지만 연륜이 묻어나는 연주는
나의 씁쓸한 마음을 달짝지근하게 하고

낡은 손은 힘이 없지만
잔잔한 여운을 남기고
강한 터치가 없어서
밋밋하고 지루한 연주였지만
격정에 쌓인 마음을 차분히 만들어준
편안한 연주자다

지긋한 나이에 손마디는 여리고
아기를 재우는 손처럼
피아노를 더듬는 손은
겹겹이 쌓인 건반을 쓸어내리고

주름투성이의 낡은 손
피아니스트는 아니지만
내 미래가 투영되어 비쳐와
나도 잔잔한 여운을 남기는
주님의 전령사가 되고 싶다

임경원

서울출생
이화여자대학교 초등교육과 영문과 수학
홍익대학교 국어교육과 졸업
Coleg Glan Hafren College In U.K 어학공부
월간 「조선문학」 신인상으로 등단
월간 「조선문학」 조선시문학상 수상
「문학과 예술」제4회 최우수 시인상 당선
「시와 예술」 신춘문예 문학대상 수상
시집:『키작은 사과나무』,『무희 없는 무대』,『희망을 부르는 그리움』
한영대역시집:『식어가는 검은 입술-My Black Lip Cooling Far More』외 다의 공저』
한국문인협회, 조선문학문인회, 한국기독시인협회 회원
창조문학 이사, 크리스천문학나무 운영이사

미지에서 온 새 한 마리 외 2편

신 인 호

고뇌의 배꽃들
봄 언덕에서 흔들리고 있다

어디서인지 날아 온 새 한 마리
한참이나 울고 날아갔다

저 새가
푸른 계절 하얀 길로 떠나간
친구의 넋이 아닐까

남빛 하늘에 하얀 배꽃
떠가고 있다

새가 날아가 버린 가지가
아직도 출렁거리고 있다

빈집

빈집에 단풍잎 하나
날아들었다

봄날 펼치던 꿈의 나래
목청 터지게 푸른 노래 부른 날들
이글거리던 욕망의 계절을 지나
가을비에 젖은 낙과의 숨소리
모두 녹아있는 그림

버려진 역사가 뒹군다

낙엽은 바람에 날려 오지 않는다
다만 시간에 실려 날아온다
한생을 풀어놓은 자서전도
한 잎 낙엽
빈집에 서늘한 그림자 지나간다

바람의 옷

꽃비 쏟아져 내린
나뭇가지 사이로
오디새 한 마리

온통 푸른 말로 입을 뗀다

이런 날엔
바람도 연두빛 옷을 입고 온다

설레임을 밟고 걷는
우이동 길
막차타고 뒤따라 올 것만 같은
기다림

* 이 시는 지하철 스크린 도어에 실렸던 시입니다

신인호

* 「지구문학」 등단, 시집 「수평을 태우는 해」, 「내 마음의 지우개」, 「역사와 문학」, 한국문인협회 회원, 도봉구명예구청장, 에피포도문학상, 지구문학상, 중앙 뉴스상 수상

찻집 외 1편

이 정 순

햇볕 내리쬐는 오후
남한산성 외진 길목
숲속에 숨은 찻집
커피와 휴식을 팔다

커피 향은 미뤄 놓은 채로
새 울음에 귀 기울이고
녹색 공기 흡입하다

쨍쨍한 햇살 틈새로
빗줄기를 기다리는 무모함
쏴한 빗소리 절절하다

치열함도 늘어짐도 없는
무욕의 행간에서
반짝이는 여유

숲을 가득 채운 청량한 숨결
잡다한 흉금 훌훌 털고
회색빛 근심 씻어내다

부지깽이

정겨운 연륜
반질한 부뚜막
나란히 앉아 있는
무쇠솥

할머니 손길에
어머니 손때가 더해진
세월을 꿰고 앉아 있다

납작한 나무 깔판에
엉덩이 붙이고
아궁이 속 행복을
들여다보다
장작불 활활 정점을 이루고
곰삭은 잿더미
인정이 숨을 고르다

장작 두어 개
아궁이 속으로 밀어 넣다
낡은 풀무 헛발질에도
다시 살아나는 불걸음

어머니 잔소리 귓결에서 멈추고
부지깽이로 탁탁
불길을 잠재우다

닳아빠진 몸둥이
불길을 넘나드는 요술 막대기
아궁이 앞에서
소녀는 꿈을 세고 있다

이정순

서울 출생
월간 「시사문단」 시 등단
한국시사문단작가협회 회원, 한국예술인복지재단 예술인작가, 북한강
문학제 추진위원, 반여백동인
「봄의 손짓」공저(그림과 책) 「문학의 집 서울」제6회 수필공모 장려상,
제17회 풀잎학상 수상

하나님 구하옵소서 외 1편

정 춘 미

하나님 저를 구원하시옵소서
몸과 마음 절벽 끝 매달려 있습니다

불쌍히 여겨 주시옵고
인간 번뇌와 갈망

허덕이고 있는 저 일으켜주시옵소서
여지껏 살아온 모든 생활들

죽음 앞에 서고 보니 다 헛되고
헛됨 이였음 알게 하신 하나님

욕심이라기보다 어쩔 수 없다
스스로 달래는 나약한 마음

다시는 구렁 속 빠지지 않게
두 손 잡아 주시옵소서.

할미꽃

살아서나 죽어서도
슬픈 여인
하늘 너무 높아
고개 들지 못하고
태양 눈이 부셔 볼 수 없었네

잘사는 사람
감히 올려볼 수 없어
항상 고개 숙여
아래 보고 사셨네

당신 사신 한평생
자식위해
온 몸 쪼글쪼글
주름 가득 수놓고
등과 허리
기역자 굽으면서

한번 자식 원망한 적 없이
꼿꼿이 사신 인자한 여인

끝내 죽어서도 고개 숙인 꽃
영영 우리네 마음 아프게 하는구나
당신 거룩한 꽃 머리 숙여 우러러봅니다

정춘미

2014~2016년 의정부시 문예지 당선, 2019 안산시 전국 백일장 장려상
2019 용인시 전국 백일장 참방상, 2019 전국 운암백일장 장려상
2020 전국 꽃 시화전 서울시 의장상, 2021 한국다선협회 수필 금상, 2021 경인일보 손편지 공모 행복상, 2022 송강정철 문학상, 2022 전국여성 문학대전 동시 최우수, 2023 한국을 빛낸 사회발전 문화예술대상, 2023 국제환경문화 가이바 글로벌스타상 수상, 2024 제21회 세계문인협회 수필 본상, 2024 제18회 향촌문학 동시대상, 2024 문학고을 동시 최우수상
2019년 크리스천문학나무 등단회원, 한국기독시인협회 회원, 한국문인협회 회원
현)의정부시 건강가정 다문화가족센터 소속 주영광교회 권사

기다려주는 사랑 외 1편

조 부 경

언니들 조카 손주
잼잼
이것 봐
살살살
앵무새처럼
조잘조잘 말을 따라하다
압바
아빠
지치고 지루하고
기다리게 하는 사랑

눈물이 소진될 때까지
슬픔이 스스로 소진될
기다려주는 내 사랑

새

시간이
이름표를 단다
고사리손목에 이름표를 단다
그리고
아주 한참 지나서
눈감고도 훤한
비석에도 이름표를 단다
한순간도 잊은 적이 없다

조부경

2015 『크리스천문학나무』 등단
한국시인협회 회원
시집: 『초록비』

소백산 솔향기 외 1편

김 복 희

은은한 풍경소리
솔향기 묻어난다

둥글고 모난 돌
억만 년 인고의 침묵

소백산
샛바람 불면
묻어나는 푸른 향기.

고향집에서

내가 살던 옛집들을
마음먹고 수리한다

어머님 손때 묻은 곳
깎아낼 땐 마음이 아파

어머니
따뜻한 미소
문턱까지 차오른다.

김복희

『문학세계』 수필 등단
수필집 『장밋빛 인생』
시 집 『섬돌을 밟고 서면』
시조집 『사랑하며 살아가며』
한국문인협회, 한국수필문학회, 영주문인협회 수필분과위원장,
한국크리스천문학상
현) 소백코리아 대표

인생의 짐

조 성 국

우리 삶의 짐
어디에나 가득 차 있어
집 안의 30%는
사용하지 않는 물건들로
일상의 20%는
바쁘게 돌아가는 스케줄로 가득

호주머니 속 10%는
소중한 기억의 조각들
또한 15%는
욕심과 취미로 꽉 차 있어
내 마음의 20%는
인간관계의 무게로
가끔은 숨이 막혀와

심리적 돈의 무게는 10%
경제적 부담이 큰 세상
타인의 기대와 시선은 15%

이 두 짐이 더해지면
마음의 압박이 더욱 깊어져
행복을 가로막고 있네

마치 그릇이 커질수록
담을 수 있는 짐이 늘어나듯
우린 더 많은 것을 원해
이제는 가벼워지고 싶어
남은 5%의 여유를 찾아
진정한 나를 발견하길.

조성국

(현)한국크리스천문학가협회.
창조문학가협회,
한국목양문학회,
부천시인협회,
부천작가회의,
쉴만한 물가,
한국문학협회 회원,
(현)새화평교회목사.

제부도 갈매기 _{외 1편}

정 태 광

썰물의 갯벌에
아이들 호미로
조개를 캐었다고
기뻐 손 흔들면
갈매기도 떼 지어
날아들며 춤을 춘다.

갯벌에 밀물 달려와
강태공들 낚싯대 드리우면
갈매기도 낚싯대 따라
물 찬 제비가 된다.

하얗게 부서지는
파도가 밀려오면
아이들의 발자국 따라
갈매기도 해변길 걷는다.

벌 나비야 봄맞이 가자

남쪽서 남풍 불면
따스한 햇살은
돌담 아래 앉고
신작로 갓길에
민들레는
노랗게 웃으면
벚꽃은
복스러운 얼굴이다

꽃술에서
춤추어야 할
벌 나비는 보이지 않네.
벌 나비야
왜 보이지 않니~
세상이 어지러워서인가?
꽃술에 꿀이 없어서인가?

만개한 꽃들은
애타게 벌 나비를 기다리니

세상이 어지럽고
꽃술에 꿀이 없어도
아름다운 세상을 위해
손잡고 봄맞이 가자.

정태광

보국훈장 삼일장
안중근 홍보대사
광명교회 은퇴장로
건국대학교 행정대학원석사
국방대학원 교수부 근무(전)
「한국크리스천문학」 시 등단 및 이사
한겨레 역사문학 연구회 이사
2021년 일일명예광명시장
사) 기독문협 운영이사

스마트 소설

백혜숙 유영자
이건숙 홍명희

한강진역 6번 출구 외1편

백 혜 숙

매년 11월말에 하던 김장을 올해엔 12월이 한참 지나 했다. 같은 재료, 같은 공장(?)에서 생산된 친자매다. 하지만 성향과 성격이 다른 탓에 김장 때 마다 고춧가루, 젓갈 등 부재료의 비율이나 간의 세기 등에 의견 조율이 어려웠다. 절대 큰소리는 내지 않지만 눈빛으로 주고받는 침묵의 고성이 더 시끄러웠다.

둘은 작년부터 목회자의 아내인 동생의 지시에 군말 없이 따르기로 합의했다. 이런저런 김장의 경험과 대용량 음식을 많이 해 본 동생 말을 듣는 것이 좋다고 결론이 내려져서이다. 이제 김장은 더 속력이 붙고 부드럽게 치뤄졌다. 결혼한 자식들 김장까지 무리 없이 해치웠다.

그런데 올 김장은 김치 보다 다른 곳에 더 마음이 가 있다. 언니와 동생은 각각 다른 이유로 무거운 마음이다. 힐끗 서로를 쳐다보다 급히 시선을 배추에 돌리고 깊은 한숨을 내쉬곤 했다.

김장하는 내내

"어? 있잖아..., 으음 아냐."

"왜? 할 말 있어?"

같은 말들을 번갈아 하곤 한다.

뒷정리까지 마치고 뜨거운 모과차를 한잔씩 들고 소파에 앉아 긴장된 마음으로 TV를 켰다.

국회에서 대통령 탄핵이 가결됐다. 언니의 얼굴이 환해진다. 찻잔을 잡은 동생의 손과 눈 밑이 가볍게 떨린다. 지난 주 정족수 미달로 탄핵이 이뤄지지 않았을 땐 동생은 두 손을 모으고 감사기도를 드렸었다.

"그래야지, 그래야지 이 시대에 계엄이 뭔 일이야? 어디서 무슨 도사 말이나 듣고 손바닥에 왕 자를 그리고 나타나더니 자알 됐다. 역시 정의는 살아있어. 잘했어 잘했어."

"배신자들, 자식도 없는 대통령이 무슨 영화를 보겠다고 계엄을 했겠어? 담화문도 못 들었나? 민주당 주사파들 보다 주군을 배신한 국힘당 저것들이 더 나쁘지. 어떻게 저리 인복이 없었을까. 쯧쯧 주여, 이 땅을 지켜주소서."

나란히 앉은 자매의 주고받는 눈빛이 레이저처럼 날카롭다.

대통령의 국정운영권이 정지당했다. 한남동 관저 앞에는 끝이 안 보일 사람들이 모여들어 탄핵무효와 상대당 대표의 구속을 외쳤다.

동생은 구국기도팀을 모집해 매일 나라를 위한 기도에 집중했다. 대면이든 온라인 비대면이든 오직 탄핵당한 대통령의 복권을 위해서다.

언니는 하루라도 속히 탄핵이 이루어져 조기 대선이 치뤄지고 자신이 지지하는 사람이 정권을 잡도록 기도한다. 그래야 나라가 바로 설 것이라고 확신하고 있다.

얼마 전까지도 누구보다 다정했던 자매가 이제는 서로를 생각하는 것조차 꺼려질 정도로 날카롭게 각이 서 있다.

새벽예배에 또 하나님과 독대하는 성전에서의 밤 기도 시간에 자매는 각자의 교회에서 늦은 시간까지 눈물로 나라를 위해 기도했다. 기도 끝에는 언니가, 동생이 정신을 차리고 바른 길로 돌아서기를 잊지 않고 간구했다. 그러던 어느 새벽기도 시간, 행함이 없는 믿음은 죽은 믿음이라는 목사님의 설교에 옷을 단단히 차려입고 집을 나섰다.

한강진역 6번 출구다. 얼마 전까지도 그저 스치는 다정한 이웃이었던 사람들 사이에 묘한 긴장감이 돈다. 각자는 자신이 준비한 피켓을 들고 있다. 하지만 하나같이 피켓의 내용이 보이지 않게 돌려 들든지 다리 아래로 내리고 날카로운 눈으로 사람들을 경계한다. 누가 아군인지 적군이진 모르는 상황에서 자신의 구호가 적힌 피켓을 들기엔 두려움이 용기를 이긴다. 하루아침에 바뀐 내 이웃에 대한 감정에 기가 막히고 이런 상황이 너무나 안타까워 눈물이 흐른다. 눈물로 흐려진 동생의 시야 저 멀리 낯익은 모습이 보인다. 언니다. 천천히 다가갔다. 언니 옆에 앉아 동생이 낮은 목소리로 그러나 간절하게 속삭였다.

"언니, 하나님이 원하시는 게 무엇일까? 제발 언니 지금 상황을 똑바로 봐."

"내가 할 소리 네가 하는구나. 너야말로 정신 차리고 판단을 바로 해."

둘 다 깊은 한숨만을 내쉬며 10여분쯤 앉아있다 마치 38선 사이로 갈라져 가는 사람들처럼 무거운 마음으로 등을 돌려 자신들과 구호가 같은 사람들이 모인 곳을 향하여 발걸음을 떼었다.

아, 아뿔싸! 자매는 내려놓은 각자의 피켓을 바꿔 들었다.

탄핵 찬성 언니는 "탄핵 절대반대, 나라를 살리자"

탄핵 반대 동생은 "내란 수괴 탄핵하여 나라를 살리자".

그놈이 이놈이여?

우리 아파트 진상이 오고 있다. 넥타이 매듭이 반쯤이나 내려와 있고 바지 밖으로 와이셔츠 자락이 삐져나온 걸 보니 또 술을 거나하게 걸친 것 같다. 아니나 다를까 아파트 입구의 경비실을 발로 찬다.

"왜요? 아저씨도 내가 그렇게 한심해 보여요? 그렇죠? 눈빛만 봐도 알 수 있어요!"

"들어가요. 어머니 기다리셔."

"울 엄마가 기다리든 말든 당신이 뭔데 이래라 저래라야? 엉! 아파트 경비원 주제에."

그 녀석은 맨 정신일 때나 술로 반쯤 정신이 나갔을 때나 여전히 아파트 경비인 박 장로를 우습게 본다. 아니 경비원이 자신의 기분 쓰레기통인 듯 막말을 쏟아 부음으로 후련함을 얻는 듯하다.

대부분 박 장로는 한 귀로 듣고 한 귀로 흘려버리지만 아파트 화단에 버려져 있는 담배꽁초라도 발견하면 누가 듣든지 안 듣든지 큰 소리로 근무 태도가 엉망이라는 둥 트집을 잡을 땐 자존심에 커다란 상처를 받는다.

얼마 전 무거운 박스 여러 개를 들고 온 택배 기사에게 엘리베이터 스위치를 눌러 주고 박스를 옮기는 걸 도와주는 걸 그 녀석이 발견하곤 택배 기사가 왜 엘리베이터를 이용하게 하느냐고 따지면서 주민들에게 택배 기사가 엘리베이터를 이용해도 되는지에 대해 투표지를 돌리겠다고 한바탕 소동을 벌인 적도 있다.

그 진상의 엄마라는 사람도 경비인 박 장로를 대하는 태도가 아들과 별다름이 없다. 박 장로의 인사를 제대로 받아준 적도 없으면서도 인사를 안 하면 왜 인사도 없느냐고 따지다 아파트 인터넷 게시판에 기분이 나쁘다, 불성실하다는 불만에 찬 게시글을 올리곤 한다.

여보, 무슨 일이 있나요? 왜 그렇게 표정이 어두워요?"

아니, 별 일 없어요. 그냥 속이 좀 안 좋아요. 괜찮아요."

"말해 봐요. 내 눈은 못 속여요. 당신 그러다 병나면 어떡하려고 그래요?"

이런 저런 일들을 항상 속으로 삭히며 아내에겐 아무 일도 없다는 듯 항상 평안한 얼굴로 귀가 했던 박 장로의 표정이 평소답지 않자 아내가 계속 추궁했다. 박 장로는 그동안 있었던 그 진상 모자의 얘기를 들려줬다.

당장 그만 두라고 펄펄 뛰던 아내를 진정시켰다.

"난 하릴없이 빈둥거리는 게 제일 힘들어요. 당신도 알잖아요. 내가 집에 24시간 당신과 붙어 있으면 우리 서로가 더 힘들 걸 왜 몰라요? 그 녀석 모자만 아니면 그래도 이 일이 내겐 좋아요. 할아버지 안녕하세요? 하고 안기는 어린 아이들과 이제 한 가족 같은 입주민들이 내게 얼마나 소중한데요. 은퇴하고 경비일 하는 사람 은근히 많아요. 그리고 기회 봐서 내가 전도할 사람도 이미 몇 사람 찍어 놓고 기도하고 있다구요."

며칠 후 어머니에게 들었다며 도대체 어떤 녀석인지 보고 싶다고 아들이 퇴근길에 아버지 경비실에 들렸다. 항상 전국으로 또 해외로

출장과 회의가 잦은 바쁜 아들의 방문에 박 장로는 놀랐지만 기쁘고 반가웠다. 아들은 곧 임원으로 승진할 거라며 언제든 아버지가 경비 일 을 그만 두시고 어머니와 이곳저곳 여행하시면서 맛있는 것도 사 드시고 스트레스 없이 사셨으면 좋겠다며 박 장로의 어깨를 주물러 줬다. 잠시 후 그 진상이 아파트에 들어왔다. 박 장로가 턱으로 '바로 저 녀석'이라고 가리키자 아들의 표정이 놀라움과 분노로 굳어지며 자리에서 일어나 천천히 그리고 무겁게 경비실 문을 열고 나갔다. 진 상의 얼굴이 당황해서 굳어졌다.

  "어, 어, 부장님 여기 웬일이세요?"

  "그래, 우리 아버지 근무하시는 걸 좀 보러 왔지. 이제 들어오나?"

백혜숙

2011년 『한국크리스천문학』 소설로 등단
크리스천문학나무 편집장 역임
저서 : 『계단을 굴러 온 김치』
현 크리스천문학나무숲 편집장.
기독교대한성결교회 사랑과진리교회 사모, 중보기도자.
e-mail : bstrg527@naver.com

아! 그 돈! 외1편

유 영 자

나는 중학생이 되어서까지 돈에 큰 관심이 없었다. 집안이 가난하다 보니 돈 구경도 제대로 못했을 뿐만 아니라 부모님도 돈! 돈! 하며 돈타령 하는 걸 본 일이 없기 때문인지도 모른다.

그렇다고 돈을 안 쓰고 살았다는 건 아니다. 돈이 필요할 때마다 농사지은 쌀을 시장에 내다 팔아 쓰곤 했으니까. 일요일이나 되어야만 빳빳한 새 돈을 교회에 헌금으로 낼 수 있었던 것이 유일하게 돈 만져보는 일의 전부였다. 그것도 단위 높은 돈은 어림도 없고 푼돈에 불과한 잔돈이었다. 그랬던 내게 뭉칫돈을 만질 수 있는 놀라운 일이 생겼다.

중학교 1학년 가을이었다.

나는 그날 청소 당번이라 가장 늦게 교실 문을 나섰다. 몇 안 되는 동네 친구들은 이미 다 가 버리고 나만 달랑 혼자 남았다. 50분이나 걸어가야 하는 외진 시골 길에는 보일 듯 말듯 앞서 가고 있는 아저씨 한 분만 보일뿐 아무도 없었다.

나는 조붓한 오솔길을 따라 걸어가고 있었다. 가을바람이 살랑대는 들판에서 곡식 익어 가는 냄새가 솔솔 풍겨 왔다.

혼자 걷는 길은 무료했다. 그래서 톡톡 튀어 다니는 메뚜기를 잡아 긴 강아지풀대에다 메뚜기 목덜미를 한 마리씩 끼웠다. 다음 메뚜기

를 잡으려고 발걸음을 내딛던 순간 발에 무언가 걸리는 바람에 넘어
지고 말았다.

발에 걸린 물체가 제법 무게감이 느껴졌다. 메뚜기 잡던 일을 멈추
고 이번엔 그 물건을 발로 찼다. 몇 발자국 앞에 가서 떨어졌다. 쫓
아가서 또 찼다. 메뚜기 잡는 일보다 더 재미있었다. 이번엔 축구 선
수처럼 폼을 잡고 힘껏 걷어차자 끈이 풀리면서 속 내용물이 쏟아져
나와 흩어졌다. 쫓아가 가만히 들여다보니 에그머니나! 돈이었다. 아
니 돈 뭉치였다. 너무나 놀란 나는 그만 얼음이 되어 버렸다.

"와! 돈이 많기도 하네, 이 돈을 다 어떡하지?"

세어 보지는 않았지만 두 손으로 잡기에는 벅찼다. 일단 엎드려 흩
어진 돈을 주워 모아 끈으로 다시 묶었다. 그리고 사방을 둘러보았
다. 아까서부터 앞서 가고 있는 아저씨뿐 길은 여전히 텅텅 비어 있
었다. 갑자기 돈에 대한 욕심이 스멀스멀 기어올라 왔다.

'내가 가질까? 어차피 누군가 주워 갈게 빤한데 먼저 본 자가 임자
라고 하지 않았던가!'라는 생각을 하자 가슴이 쾅쾅쾅 뛰었다.

'만약 진짜 이 돈이 내 것이 된다면 이 많은 돈을 어디다 쓰지?'

머릿속이 복잡해지며 돈 쓸 일들이 나란히 줄을 섰다.

'우선 그렇게 배우고 싶던 피아노를 배우고, 새 가방을 사고, 예쁜
옷도 사고, 친구들에게 찐빵도 사 주고, 교회에 헌금도 내고……. 갑
자기 너무 많은 돈을 쓰면 들통 나니까 땅에다 묻어놓고 필요할 때마
다 꺼내 써야지?

돈 쓰는 생각만으로 왜 그리 마음이 설레고 행복하던지……. 풀들
이 무성한 길을 따라 도망을 친다면 들킬 염려도 없고 성공은 따 놓
은 당상이다. 시골엔 경찰도 없으니 이런 기막힌 기회가 또 어디 있

단 말인가!

신바람이 나서 돈뭉치를 안고 일어서려는데 갑자기 몸이 와들와들 떨리고 가슴이 쿵쾅쿵쾅 사정없이 뛰기 시작했다. 도둑질 하다 들킨 것처럼 심장이 조여 들며 무서웠다. 순간 나도 모르게 돈 뭉치를 품에 안고 앞서 가고 있는 아저씨를 향해 전속력으로 뛰기 시작했다. 거리가 조금 가까워지자 아저씨! 하고 불렀다.

아저씨는 내 소리를 못 들었는지 앞만 보고 걷고 있었다. 이번엔 두 손을 입에 모아 대고 아저씨! 아저씨! 연거푸 불렀다. 내 목소리가 어찌나 컸던지 벼 이삭을 쪼아 먹던 참새 떼들이 놀라 포로롱! 하고 하늘로 솟구쳤다.

하지만 아직까지 내 목소리가 그의 귀까지 도착하지 못했는지 반응이 없었다. 나는 뛰어가면서 계속 아저씨를 불렀다. 그가 힐끗 뒤를 돌아다보았다. 나는 돈 뭉치를 머리 위로 추켜들고 힘껏 흔들었다. 순간 아저씨가 휙 돌아서더니 세계에서 제일 빠른 우사인 볼트처럼 단숨에 달려왔다. 그리고 먹잇감을 찾은 사자처럼 돈 뭉치를 낚아채고는 그 자리에 털썩 주저앉아 "아이구, 내 돈! 아이구 내 돈!" 하며 짐승처럼 울부짖었다.

"학생 이리 와서 여기 좀 앉아 봐요."

아저씨가 너럭바위 위에 걸터앉으며 손짓을 했다.

내가 쭈뼛거리며 다가가 앉자 보따리 속에서 빵과 사탕을 꺼내 먹으라고 했다. 나는 배가 고프던 참에 빵을 주는 대로 다 받아먹었다. 먹는 동안 아저씨는 내게 사는 동네와 아버지 성함과 내 이름을 물었다. 그리고 고맙다는 말을 열 번도 더하며 내 머리를 쓰다듬었다.

집으로 돌아와 오늘 있었던 일을 아버지께 말씀드렸다. 아버지께서 아주 좋은 일을 했다며 여러 번 칭찬을 해 주셨다.

이튿날 학교에서 돌아와 보니 그 아저씨가 우리 집에 와 계셨다. 지게에다 시루떡을 잔뜩 해서 식지 않도록 이불로 둘둘 말아 지고서 말이다.

아저씨는 우리 아버지 손을 잡고 감사 인사를 했다.

"따님 덕분에 잃어버릴 뻔한 거금을 찾았습니다. 아들 녀석 장가보내려고 오일장에 가서 소를 판 돈이었습니다."

그 후 뭉칫돈을 찾아준 내 이야기는 바람을 타고 이 마을 저 마을로 날아 다니며 '유영자는 정직한 학생이다'라고 소문을 퍼트렸다.

이제는 잊힌 이야기지만 아직도 그때 일을 떠올리면 낡은 무명보자기에 싸여 있던 돈 뭉치가 눈에 선하다.

'악한 끝은 없어도 선한 끝은 있다'라는 속담이 있다. 그 옛날 돈 뭉치를 찾아준 후로 나는 돈 뭉치를 수없이 많이 만지며 살아 왔다. 선한 끝의 결과가 아닐까?

기도하는 동안

교회 입구 신발장에 신발들이 빽빽한 걸 보니 다들 온 모양이다.

김점예 집사는 다른 신발들을 양옆으로 밀치고 자기 신발을 끼어 넣었다. 그리고 살짝 열려 있는 문을 조용히 밀고 들어갔다. 민 장로가 대표기도를 하고 있었다.

매주 이십여 명이 모이던 교회 안은 빈자리가 없을 정도로 꽉 찼다. 인천에서 제일 유명하다는 곽태봉 부흥강사님이 오신다고 각 고을마다 프랭카드를 걸고 매주 선전을 했다. 오늘이 첫 날이다.

가을 설거지가 끝나면 시골엔 서서히 겨울이 깊어지며 농부들에겐 휴식이 찾아온다. 이맘때가 되면 평리교회에선 연중행사처럼 부흥회가 열린다. 부흥강사님의 설교는 웃게도 만들고 울게도 만들며 감동을 주어 은혜를 받게 된다.

사람들은 목사님 설교에 푹 빠져 가끔 '아멘'을 외치며 열중하고 있었다. 김점례 집사는 설교 시간에 목사님만 뚫어져라 쳐다보며 깊은 생각에 잠겼다.

"그래 부흥강사님께 부탁해 보는 거야 우리같이 깡촌에서 친척도 없이 살고 있는 가난뱅이가 부탁해 볼 데라곤 목사님밖에 더 있어?"

집사는 무슨 생각을 했는지 고개를 끄덕였다.

부흥회가 끝나는 날 김 집사는 손수 말린 고춧가루 열 근과 참깨를 싸들고 목사님을 찾아갔다. 그리고 무조건 무릎을 꿇고 앉았다.

"목사님 부탁이 있습니다. 저에겐 애비도 없이 홀로 키운 아들 녀석이 하나 있습니다. 집안이 하도 가난해서 겨우 중학교까지만 가르치고 농사일을 하고 있지요. 그것도 우리 땅이 아니라 남의 땅을 빌려 짓다 보니 농사를 지으나 마나입니다. 지금 20살인데 아이는 착실하고 책임감이 강합니다. 무슨 일이든 시키기만 하면 잘 해 낼 겁니다. 목사님 막일도 괜찮으니 우리 아들 인천 목사님 교회로 보낼 테니 취직 좀 시켜 주세요."

집사님이 어찌나 간곡히 부탁하는지 도저히 거절할 수가 없어서 목사님은 그만 고개를 끄덕이고 말았다.

"인천 가서 직장을 알아볼 테니 다음 월요일 우리 교회로 보내십시오."

목사님은 명함 한 장을 건네주며 말했다.

"감사합니다 감사합니다."

집사님은 인사를 하고 급하게 집으로 돌아왔다.

그리고 아들 동찬이에게 말했다.

"동찬아 다음 월요일 부흥강사님 교회를 찾아가라. 취직을 시켜 주기로 했다."

"정말이에요? 어머니?"

동찬이도 기쁘긴 마찬가지였다. 동찬이는 돈을 벌면 우선 어머니를 편안히 모실 생각에 너무나 기뻤다.

집사님은 동찬이가 인천으로 떠나던 날 앉혀 놓고 몇 가지 당부를 했다.

"동찬아, 어디를 가든지 네 몸 하나만 안 아끼면 밥은 얼마든지 먹고 살 수는 있단다, 무슨 일이든지 열심히 해라. 십자가를 보면 그냥 지나치지 말고 교회에 들어가 꼭 기도를 해라."

"네 어머니."

동찬이는 서울을 거쳐 인천에 도착하니 오후 3시였다.

"잘 찾아 왔구나, 그럼 우선 네가 일할 장소로 가보자."

목사님을 따라 간 곳은 역 근처에 있는 무지개 반점이라는 중국 집이었다. 중국 집 사장님은 목사님 교회의 교인이었다.

"네가 동찬이구나. 우리 음식점은 직원이 20명 되는데 일단 너는 잔심부름부터 시작해라."

그 이튿날 동찬인 누가 깨우지 않아도 일찍 일어나 주차장을 쓸고 주방과 홀 바닥을 닦고 화장실 청소도 반짝반짝하게 해놓았다. 배달 온 무거운 식재료를 주방에 옮기고 쓰레기통을 비우고 식탁마다 수저 와 숟가락, 물컵, 냅킨을 재빠르게 올려놓았다. 그런데 일하는 동찬이 를 매의 눈으로 지켜보는 이가 있었다. 키가 작고 호랑이눈을 닮아 눈을 치켜뜨면 소름이 끼칠 정도로 무서운 아저씨였다. 그는 주차장 관리를 맡고 있는 번개라는 별명을 가지고 있었다.

"음, 저 녀석 볼수록 괜찮은 걸? 촌놈이라 순진해서 의심하지 않고 내 말을 잘 들을 거야. 으흐흐흐."

그는 음흉스런 웃음을 흘리며 동찬이에게서 눈을 떼지 못했다.

그날은 한 달에 한번 쉬는 휴일이었다. 동찬이가 그동안 밀린 빨래 를 하고 있는데 번개가 찾아왔다.

"동찬아 빨래 끝나고 내 심부름 좀 해다오."

"무슨 심부름인데요?"

"지난번에 구경 갔던 연안 부두 알지? 그곳에 가면 빨강 모자를 쓴 사람이 너를 기다리고 있을 거야. 그 사람한테 이 가방만 전해주면 돼. 자, 여기 심부름 값."

그는 검정 가방과 돈 십만 원이 들어 있는 봉투를 건네주었다.

"이 많은 돈을 다 주시는 거예요?"

"빨강 모자를 실수 없이 꼭 만나라고 주는 거야."

동찬이는 돈을 안주머니에 넣고 밖으로 나왔다. 크리스마스가 며칠 안 남아서인지 거리는 휘황찬란한 불빛들이 반짝거리고 있었다. 가게 마다 케롤이 흘러 나왔다. 문득 고향 생각이 났다. 매일 밤 성가 연습하던 일이며 색종이와 솜으로 크리스마스트리를 만들던 일이 눈에 선했다. 당장이라도 시골로 달려가고 싶었다.

"지금쯤 우리 교회서는 크리스마스 준비로 한창 바쁘겠지?"

고향 생각을 하니 자꾸만 눈물이 나왔다. 동찬인 반짝이는 불빛을 바라보며 연안 부두를 향해 걸었다. 번개는 동찬이가 무지개 반점을 빠져나가자 어딘가에 전화를 걸었다.

"여보세요, 나 번개요. 녀석이 방금 출발했어요. 걸어간다고 했으니까 30분 정도는 걸릴 거요. 녀석이 가방 전해 주면 무조건 끌고 가시오. 녀석의 몸값은 정확하게 계산하여 넣어주는 것 잊지 마시오."

번개는 인신매매단과 손잡고 사람을 비밀리에 외국에 팔아넘기는 거간이었다. 동찬인 인신매매단에 팔려갈 위기에 처했다.

"저 녀석 크리스마스 불빛에 홀려 연안 부두를 잘 찾아갈 수 있을까?"

불안한 마음에 번개는 동찬이의 뒤를 몰래 따르기 시작했다. 어쩌다 동찬이가 뒤를 돌아다보면 건물 뒤로 몸을 숨겼다. 동찬이는 그것도 모르고 꼬불꼬불한 골목길로 접어들었다. 그 골목길만 빠져나가면 연안 부두다. 마지막 골목길을 꺾어 나가려는데 눈앞에 '기쁘다 구주

오셨네'라고 쓴 포스터가 보였다. 그 옆에는 꼬마전구들이 조롱조롱 매달려 반짝반짝 빛을 발하는 십자가도 보였다. 동찬이는 어머니 생각이 문득 났다.

'어머니가 십자가를 보면 들어가 기도하라고 했지?'

동찬이는 교회에 들어가 십자가 밑에 무릎을 꿇고 기도하기 시작했다. 그때 뒤 따르는 번개는 동찬이가 보이지 않자 빨강 모자가 기다리는 부둣가로 달려갔다. 순간 기다리고 있던 인신매매 대장은 번개를 보자 어디론가 신호를 보냈다. 어둠속에서 두 그림자가 다가왔다. 두 그림자는 검정 포대에 번개를 잡아넣고 끈으로 꽁꽁 묶어 배에 실었다.

그리고 바닷물을 가르며 전속력으로 달렸다. 동찬이는 무슨 일이 일어났는지도 모르고 부둣가로 뚜벅뚜벅 걸어가고 있었다.

유영자

「크리스천문학나무」 수필 등단
저서 :『양말 속의 편지』, 『24가지 동화로 배우는 하나님 말씀』
한국크리스천문학가협회 회원
MBC 문화방송 신인문예상 수상.

어머니의 분노 외1편

李 鍵 淑

어머니는 오늘도 동쪽으로 트인 창 앞에 경건하게 앉아 있다.

오랜 시간을 꿇어앉아 기도한 탓인지 저려오는 다리를 풀고 편안한 양반다리 자세다.

내가 일생 봐온 어머니는 얼굴이 아니라 나무비녀를 찌른 뒷모습이다. 일생 가시 채를 뒷발질하느라고 얼마나 고생을 하시는지 곁에서 지켜보기에도 참 안쓰럽다.

이제 나도 팔십 고개를 넘어섰으니 백세고개를 훌쩍 넘긴 어머니와 진지하게 대화를 나누고 싶어서 다가가도 어머니는 두 눈을 질끈 감은 채 입만 달싹거린다.

어쩔 수 없이 가만히 다가가서 등을 따독였다.

"어머니 이제 그런 기도는 그만 하시고 가족들과 재미있게 지냅시다. 지난날의 상처는 다 잊어버려요. 깊은 바다에 다시는 떠오르지 못하도록 큰 바위를 매달아 던져버리세요. 천국에 가실 날도 가까운데 깡그리 용서하시고 평안을 누리셔야 해요."

창밖은 태풍으로 인해 어찌나 바람이 드센지 몇 잎 남은 감잎도 큰 가지까지 휘도록 요동치는 거센 바람에 애처롭게 매달려 몸부림친다. 일본을 강타한 태풍의 끝자락에 자리 잡은 한국 날씨도 바람이

미쳐 날뛰고 무거운 비구름으로 어두웠다.

"동물 같은 왜놈 땅에 태풍이 계속 불어야 하는데……. 더 더 더 강하고 거세게 더 거세게……. 오늘 뉴스는 어떠냐?"

어머니는 전신에 힘을 주고 '거세게'를 외치다가 몸을 부르르 떨고는 옆으로 몸을 비틀면서 물었다.

"불어 닥치는 태풍마다 일본만을 강타해요. 참으로 기이하게 태풍마다 한반도를 피해서 일본으로 간다니까요."

"고럼, 고럼 그래야지. 일본이란 나라가 몽땅 바다 속에 잠기도록 불어야 한다. 그게 내 기도다. 내 생전에 그걸 보고 가려고 죽지 못하고 이렇게 기도하고 있다."

"우리나라엔 태풍이상현상이 일어나고 있어요. 거칠기로 유명한 태풍 17호 제비랑 18호 끄라톤이 모두 일본 본토로 올라가고 우리나라를 살짝 비껴가요. 세간에서 떠도는 소문으로는 제주도 한라산의 설문대할망이 불어오는 태풍마다 확 잡아서 일본으로 가도록 방향을 틀어놓는다고 해요. 오늘 아침 신문 기사엔 일본 사람들이 한라산의 여신을 저주한다는 뉴스도 떴어요."

그렇게 말하는 나를 흘끔 흘겨본 어머니는 요상한 미소를 흘리면서 다시 기도하는 자세로 나를 등지고 동쪽을 향해 머리를 숙인다.

그런 어머니를 향해 나는 혼자 웅얼거렸다.

"어째서 우리나라는 이런 파괴적인 환경에서 보호를 받고 있을까요. 세계의 많은 학자들이 한국의 특수지형을 연구하고 있다고 하네요. 내 친구들은 그간 억울하게 죽은 조상의 영혼들이 우리 후손을 지켜주는 것이라고 떠벌리기도 해요."

어머니는 내 목소리를 들었으련만 그저 기도에 깊이 몰두하고 있다. 이런 어머니를 곁에서 지켜보는 나도 이젠 지쳤다.

어머니의 노함은 의로운 분노일까? 남편을 앗아간 일본을 향해 어머니는 일생 끈질기게 미움의 줄을 움켜잡고 있다. 그렇다면 자신이 분노하는 원인을 해결하려고 그토록 고집스럽게 일생을 이렇게 사시는 것일까?

나는 망연한 얼굴로 어머니의 뒤통수에서 눈을 떼지 못하고 우두커니 서 있었다. 얼마나 시간이 흘렀을까. 갑자기 나를 향해 어머니는 눈은 감은 채 진지하게 물었다.

"태풍이 끝나면 대지진이 일어나서 일본은 바다 속으로 가라앉을 것이다. 두고 봐라. 기도 중에 환상으로 다 보았다. 그런 다음 나는 천국에 가서 네 아버지를 만나 대면하여 말하리라. 비참하게 죽어가는 동물 같은 놈들의 마지막을 상세히 보고할 터이다. 그러려면 이 나이에 나는 건강해야 한다. 그래야 그 현장에 기어서라도 가서 내 두 눈으로 똑똑히 보리라. 그들의 일그러진 얼굴과 눈 뜨고 볼 수 없을 정도로 비참하게 피바다가 된 파괴현장에서 절규하는 모습을 꼭 내 두 눈으로 확인할 터이니 두고 봐라."

어머니의 풀지 못한 갈 곳 없는 분노가 이런 지경까지 이른 것일까. 하긴 아버지의 매 맞아 굶어죽은 처참한 시신을 받아 안고 며칠을 울부짖던 어머니의 모습이 아직도 나의 뇌리에 생생하게 각인되어 있다.

그러니 어머니는 자신의 미움과 분노가 옳다는 믿음을 가지고 기도라는 줄에 매달려 모든 마음의 짐을 기도의 공격행동으로 표출하고 있는 셈이다. 그게 어머니의 생명을 100세가 넘는 나이까지 버티게 해준 동기가 된 것이 분명하다.

"어머니! 이젠 그 미움과 분노에서 벗어나서 그들을 용서하셔야 어머니의 영혼에 평안이 임합니다."

"하나님도 죄로 물든 소돔과 고모라를 유황불을 내려 한순간에 모두 죽이고 태워버렸다. 내가 그들을 벌하는 것이 아니라 하나님도 분명히 나처럼 분노하여 그 사악한 나라를 불태울 것이다. 히로시마 원자폭탄으로는 너무 약하다. 그 나라를 완전히 없애 버려야 한다."

물론 아버지의 억울한 죽음은 고통스러운 과거 일이지만 그게 미래를 향한 희망의 상징이 될 수도 있는데 어머니는 이중으로 고통을 스스로 자처하여 겪고 있는 셈이다. 문득 최근에 읽은 한국 근현대사의 내용이 머릴 스쳤다. 연구자는 강하게 이런 논리를 전개했다.

'살기 좋은 조선을 나쁜 일본 놈들이 침략하여 빼앗고 무고한 백성을 죽였다고 그간 학교에서 배워온 역사인식은 재고해야 한다. 자존심이 상하고 불편한 진실이지만 일본 침략은 양반에게는 지독한 불행이었지만 상놈이고 종놈 노비였던 70%의 나머지 백성에게는 축복이었다. 침략자들이 그런 차별에서 억압받는 계층을 해방시켜줬기 때문이다. 이씨 조선 518년 통치기간 27명의 왕들이 이룩해 놓은 자산이 과연 무엇이란 말인가. 도로를 닦아 놓았는가, 철도를 건설해 놓았는가, 기업이 생겨날 수 있는 여건을 만들어 놓았는가……

그 반면 일본은 통치기간 36년에 52억 달러어치의 재산을 이 땅에 뿌렸다. 일본이 놓고 간 기업체, 귀속재산은 엄청났다. 북조선에 29억 달러 남한에는 23억 달러의 공공재산이 횡재로 굴러왔으니 말이다. 오늘의 대기업들은 거의 예외 없이 일본기업들을 불하받은 것이다. 예를 들어보자.

조선생명이 이병철에게 불하되어 삼성화재가 되었고 미쓰코시 경성점 백화점은 이병철에게 불하되어 신세계 백화점이 되었다. 아사노 시멘트 경성공장이 김인득에게 불하되어 벽산그룹이 되지 않았던가.

내로라 하는 한국기업들은 거의가 다 일본인이 설립 운영하던 회사라고 생각해도 큰 무리가 없을 정도다. 또 36년 식민지 기간 동안 조선인구가 거의 2배로 늘었다는 사실은 무엇을 뜻하는가?

일본의 침략 기간 동안 그들이 투자한 몇 십억 달러가치에 비하면 수탈 액은 비교가 안 될 정도이다.

젊은 학자가 새로운 시각으로 지적한 역사의 내막을 이런 식으로 정직하게 꿰뚫어 보면 '일본에 고마워해야 할 부분도 상당부분 있지 아니한가.'라는 생각에 나는 빠져들기 시작했다.

자신만 알고 있는 사실을 부여잡고 어머니는 스스로 쌓아올린 성(城)에 살면서 분노의 탈출구로 이젠 대지진을 높이 치켜들었다. 일본이 곧 멸망할 것이라는 확신의 기도를 어머니는 심혈을 기울여 정진하고 있다. 하긴 난카이 대지진이 곧 터질 것이란 뉴스가 요즘 신문을 장식하고 있다.

시코쿠 남부 해안에서 기이수도에 걸친 해역에서 약 100년에서 150년 주기로 발생했던 대지진의 역사가 기록으로 남아 있다. 학자들의 예측으로는 곧 다가올 요번 대지진은 강도 9.0으로 일본의 종말을 가져올 수도 있단다.

어쩌면 일본이란 나라가 없어질 정도로 무서운 것으로 후지산이 폭발하고 동경도 없어질 것이란 긴급 속보도 인터넷에 뜨고 있다. 그럼 하나님을 향한 어머니의 분노의 외침이 이런 결론을 가져온 것일까. 그

때 아내의 반가움에 들뜬 목소리가 착 가라앉은 집안을 잡아 흔들었다.

"아이쿠! 우리 바쁜 아들이 일찍 퇴근했구나. 어서 할머니 방에 들어가서 인사해라. 아버지도 그 방에 계신다."

나는 용수철처럼 튀어 올라 밖으로 나갔다. 아들은 할머니 방의 문고리를 잡고 들어오려는 찰나였다. 나는 아들을 밖으로 밀고 나갔다.

"쉿!"

어리둥절해진 아들의 입을 검지와 가운데손가락을 세워 가리고는 현관 밖으로 끌고 갔다.

"왜요? 할머니가 많이 편찮으신가요? 늘 기도만 하시다가 혹시 치매라도……."

"할머니 앞에서 일본의 태풍현장에 구조인력으로 간다는 말을 하지 말아다오."

아들은 대한민국 긴급구조대원으로 주황색 구조복을 입고 있었다. 곧 일본으로 떠날 차림이었다. 좋은 일을 하고 있다는 기쁨으로 들뜬 아들의 얼굴에 눈부신 광채가 어른거렸다.

정말 아내를 사랑했는가?

강민호는 아내를 잊기 위해 인도 여행을 떠났다. 아내가 저 세상으로 간 지 벌써 5년. 차츰 혼자 집에 들어가는 것이 외로워서 견딜 수가 없다.

이제 나이가 이순을 넘겼으니 그냥저냥 혼자 살다가 아내 곁으로 가리라 다짐을 하면서도 비가 추적추적 내리는 날이나 바람이 세차게 불어대는 밤이면 정말로 미칠 정도로 혼자 있는 것을 견딜 수가 없었다.

딸들 셋도 처음에는 열심히 아버지를 돌본다고 드나들더니 이젠 시들해져서 한 달에 한 번 찾아오는 것이 고작이다. 하긴 자식들 키우랴 집안 살림하랴, 돈 관리하랴 자신들의 일만도 코가 석 자나 빠지는 판에 혼자 된 친정아버지를 생각할 틈도 없을 것이 빤하다. 딸들이 괘씸하고 섭섭해서 더 재혼을 하고 싶었다.

그러던 참에 그는 자신보다 다섯 살 어린 여자를 만나게 되었다. 산에 오르다가 우연히 동행하여 여러 번 만나는 사이에 그녀도 혼자가 된 지 10년이 넘었다고 했다. 딸자식 하나는 이미 결혼하여 떠났고 혼자 이렇게 산행을 하면서 노년을 보낸다나.

"우리 결혼합시다. 서로 외로운 처지에 등이나 서로 긁어 주면서 노년을 함께 보냅시다."

이런 말이 강민호의 입에서 툭 튀어나왔다. 그러자 여자는 오랫동안 생각에 잠겨 있다가 이렇게 말했다.

"살고 계신 아파트를 제 명의로 옮겨주시면 결혼하지요."

처음에는 무슨 소린가 해서 멍했지만, 차츰 그 내용이 환하게 밝혀지면서 당황했다. 아파트는 아내가 죽는 날까지 생활비를 아껴가면서 모은 돈으로 산 집이다. 며칠을 두고 생각하는 동안 여자가 늙어서 재혼하는 판에 이런 재산이라도 손에 쥐어 줘야 안심하는 것이 아닐까 하는 생각도 들어서 그러자고 해놓고 마음도 정리할 겸, 인도 여행길에 올랐다.

단체여행이라 모두 한 몸같이 움직여야 한다. 더위로 땀은 비 오듯이 흘러내려 눈이 따가웠다. 세계에서 제일 아름답다는 무덤, 아그라의 타지마할을 둘러보고 있었다. 가이드는 약간 상기한 얼굴로 무덤의 내력을 설명했다.

"무굴제국의 다섯 번째 황제인 샤자한이 지극히 사랑하던 아내가 19년 결혼생활 중 열네 번째 아이를 낳다가 죽게 되었습니다."

그러자 관광객들은 '우와 열네 번째 아이라고'하면서 기성을 발했다. 결혼생활 내내 배가 불러 있었다는 뜻이라고 여자들은 수군거린다. 그런데 임종 자리에서 아내인 뭄타즈 마할이 이렇게 말했다고 한다.

"내가 죽거든 절대 장가들지 마세요."

"죽어서 당신 곁에 갈 때까지 순결을 지키리다."

"그리고 열네 명의 우리 자식들을 잘 길러 주세요."

"그것도 약속하리다."

"마지막으로 제가 죽어 묻힐 무덤을 세상에서 가장 아름답게 지어 주세요. 제 소원이에요."

샤자한 황제는 눈물을 뚝뚝 흘리면서 그러겠다고 약속했다. 죽은 아내를 위해 22년 동안 샤자한은 오로지 아내의 관을 넣어둘 무덤을 궁전처럼 아름답게 짓느라고 세월을 보냈다. 대리석과 보석을 옮기는 데만도 1천여 마리의 코끼리가 동원되었고 기술자만도 2만 명을 동원하며 지은 타지마할은 죽은 왕비를 위해서 황제가 지은 세상이 감탄하고 있는 궁전이다. 흰 대리석에 박힌 28종의 보석들은 3백50년이 지났는데도 싱싱한 꽃으로 살아났다. 돔 밑에 덜렁 놓인 샤자한 부부의 관을 보면서 그 아름다운 건축에 관광객들은 모두 입을 딱 벌렸다. 정원도 아름답고 무덤이라고 하기는 너무 아름다운 넓은 궁전을 보면서 모두가 말을 잊었다.

그러자 가이드가 엄숙하게 말했다.

"샤자한 황제는 금요일마다 아내의 무덤에 찾아왔고 축제에는 아내의 대리석관 위에 엎드려 아가처럼 엉엉 울었다고 합니다."

순간 강민호는 뒤통수를 얻어맞은 듯 정신이 얼얼했다. 부와 권력과 명예를 거머쥔 황제가 아내를 사랑하여 일생 깨끗하게 살다 갔는데 자신은 어떠한가? 그제야 지금도 샤자한처럼 죽은 아내를 지극히 사랑하고 있음을 깨달은 그는 아내가 남편인 그의 마지막 안식처로 사놓은 아파트를 지키리라 다짐을 한다.

이건숙

서울대학교 사범대학 독어과
미국Villanova대학(펜실바니아주소재) 도서관학석사
1981년 한국일보 신춘문예 단편 『양로원』으로 등단
『이건숙문학전집』 21권 출간
장·단편소설 수필 등
30권 넘게 출판
한국크리스천문학상, 창조문예문학상, 들소리문학상, 국제펜문학상 수상
대한민국 기독문화대상 소설부문
대한민국 기독예술대상 소설부문

어기적어기적 외1편

홍 명 희

어기적어기적 삶의 무게에 짓눌러 겨우 숨을 쉬고 있었다. 그가 갑자기 사라지고 나서 그 어기적이 서서히 사라졌다. 그리고 정상적으로 날숨과 들숨이 일정해지니까 어깨에 날개가 돋았다.

그에 따른 대가도 있었다. 아팠다. 폐렴에 걸려 입원하고 퇴원하며 삶과 죽음의 경계선에 서 있었다. 이직한 회사에 이래저래 업무에 지장을 주고 멍 때리고 앉아 있다가 수습기간을 못 채우고 그만 나오라는 통보를 받았다.

그것은 그가 마지막 나에게 주고 간 선물이었다. 먹고 자고 일어나 운동하고 또 먹고 자고 일어나 운동하는 동안 날개가 곧고 바르고 부드럽게 자랐다. 그가 가던 날 그의 친구 부인도 암으로 새벽에 떠났다. 그는 정확히 오후 세 시에 뒤 따라 갔다. 그날따라 몹시 추웠는데 경량 패딩만 입고 길가에 쓰러졌고 시민의 신고로 119에 실려 가다가 골든타임이 지나 심정지가 왔다.

뒤늦게 소식을 듣고 병원으로 간 나는 믿기지 않았다. 나보다 더 오래 살 줄 알았던 그가 그렇게 갑자기 세상을 떠난 것에 할 말을 잃었다. 하지만 서서히 안개가 걷히고 명료해지며 차분하게 질서가 잡혀가고 있음을 느꼈다.

그가 살았을 때는 전철이 오면 계단 중간에서 떠나가려는 차를 뛰어서라도 기어이 탔는데 이제는 천천히 걸어서 차가 떠나지 않고 있어도 다음 차를 기다리며 빈 의자에 앉는다. 그와의 삶은 숨이 찼다. 그를 잡으려는 것인지 그로부터 도망치는 것인지 뛰다가 헐떡이다가 지쳐서 늘 어기적거렸다. 시댁식구들은 고아를 공부시켜줬더니 시댁 행사에 얼굴 한 번 안 내밀고 남편 죽었다고 연락했다며 남편 잡아먹은 년 남편에게 빨대를 꽂고 골수까지 빨아먹은 년 하며 내가 꼴도 보기 싫다며 그의 장례식에 오지 않았다.

나는 공부를 하고 싶었다. 그래서 그를 선택했고 대학졸업장을 얻기 위해 필사적이었다. 목표를 이룬 후 딸을 만들고 비로소 그가 보였다. 하지만 그는 이미 다른 곳을 바라보며 핸드폰을 손에서 놓지 못했다. 난 심연 속으로 끌려 들어가 지켜볼 수밖에 없었다. 그가 얼마나 절절하게 그리워하는지 피멍이 들 정도로 괴로워하는지 그러면서 그는 자기 자리를 지켰다.

그의 친구 부인은 어린 자식을 두고 일찍 집을 나와서 그를 기다렸지만 그의 우선순위는 사역인지 사회적 체면인지 숨겨도 드러나는 마음을 감추기 위해 급급했다.

십자가를 붙들고 버티느라 금식과 철야기도로 어깨는 노인처럼 구부러졌고 무릎엔 굳은살이 붙었다. 그의 고뇌와 고통에 나는 때때로 공감하고 불쌍히 여기면서 분노하고 외면했다. 그들의 사랑이 진정한 사랑이 아니라 가질 수 없는 것에 대한 환상이라고 냉소적이 됐다.

"거기서 지금 그 둘이 만나서 행복할까요?"

내가 튼튼한 날개로 하늘을 날고 있을 때 그의 친구 김 목사도 두 날개를 활짝 피고 날고 있었다. 김 목사의 말에 나는 미친 듯이 웃다가 눈물을 흘렸다.

인생의 화양연화

핸드폰이 계속 울린다. 일을 하는 날은 일에 집중해야 하고 집에서 쉬는 날은 쉬어야 하기에 항상 무음으로 해놨는데 우는 번호를 보니 모르는 번호라 받지 않았다.

소라는 핸드폰을 받고 누군가와 길게 이야기를 하는 시간을 즐기지 않았다. 무음으로 되돌리려고 핸드폰을 들었는데 같은 번호로 부르르 떤다. 어떨 결에 받았다. 자연히 짜증 섞인 저음으로 나갔다.

"누구세요.?"

남자 목소리다.

"동창입니다." "이소라씨?"

"이소라 아닙니다." 하고 끊으려고 하는데 궁금했다.

"그런데 동창 누구?"

동창이라는 소리에 반말로 바뀌었다.

"나야 소라야. 류수광."

뜻밖의 이름에 소라의 머리는 맑아지고 고등학교 시절의 기억을 끄집어냈다. 풋사과를 한입 베어 먹은 풋풋하고 시고 떫고 아린 맛에 찡그리다가 웃음이 터졌다.

"호호호, 어머 수광아. 수광아. 어떻게 내 번호를 알았어?"

수광이 이름을 두 번이나 불렀다.

"야, 말 마라. 네 번호 알아 내려고 네가 나온 학교, 그리고 다니던 교회까지 알아봤는데 다 모르더라. 간신히 알아냈어.”

“궁금하다. 우떤 눔이 알려줬나?”

“알려준 친구가 네가 그런 욕을 할 거라고 절대 네버. 자기가 알려 줬다고 말하지 말라고 신신당부하더라.”

“년이 아니라 놈이군.”

소라의 말투는 투박하다.

“야, 넌 하나도 안 변했구나. 전화 받아주고 웃어줘서 고맙다. 와아, 그 웃음소리 여전하구나. 소라야 보고 싶다.”

수광이는 고 3때 소라의 짝이 짝사랑하던 옆 남자고등학교 학생이다. 소라는 짝을 위해 편지를 써줬다. 쌀쌀한 바람을 동반한 가을이라고 시작하는 서두는 아직도 생생하다. 이 문구를 소라도 그 당시 썸을 타던 통학버스에서 만난 그 학교 남학생에게 보냈다.

알고 보니 소라도 짝꿍 그 둘도 짝꿍이라 학력고사를 앞두고 세 명을 더 뽑아서 여자 다섯 남자 다섯이 미팅을 했다. 소라 친구 언니가 졸업을 앞두고 미팅하다 걸리면 안 된다고 집을 마련해 주어 친구 집에서 만났다. 그 시절엔 영화관에만 가도 정학을 당했지만 소라는 새로 나온 영화는 빠짐없이 봤다.

남학생들은 착하고 공부만 하는 세상의 때가 묻지 않은 반면 여자들은 머리 풀고 그 당시 클럽인 디스코 장을 가던 공부도 잘하는 유명한 날라리들이었다. 똑 같은 편지를 보고 여고생들은 문장에 이런 글씨체를 쓰나 보다고 의심도 안 했다고 할 정도다.

어쩌면 그 남학생들에게 세상의 때를 처음 묻히게 한 것은 소라와 그 패거리들인지 모른다. 소라는 자기가 썸을 타던 친구보다 수광이를 좋아했다. 그것을 알게 된 소라 남자친구가 수광이를 죽인다고 하고 소라 짝꿍은 배신당했다며 눈이 퉁퉁 붓도록 울면서 이를 갈았다.

화해시키기 위해 들러리 섰던 친구들의 계획으로 열명은 눈이 오는 날 일박 이일 야간열차를 타고 여수까지 다녀온 사건은 언제 기억해 내도 버릴 수 없는 추억으로 아련하게 남아 있었다.

수광이는 얼굴이 하얗고 바짝 말랐었다. 큰 키에 약간 고개를 숙이고 있는 옆 모습은 우수에 젖은 듯 보여 작은 어깨를 빌려주어 기대게 하고 싶었다.

그런 수광이만 재수를 하고 모두 대학을 갔다. 갇혀 있던 우리에서 풀려난 소라는 데모하는데 앞장서서 에너지를 쏟다 보니 사는 것이 발작이고 발광이었다. 소라에게 수광이는 서서히 잊힌 존재가 됐다.

소라는 불나방처럼 타죽을 줄 알면서 불속으로 뛰어 들어갔다. 달콤하고 잔인한 세 번의 결혼과 세 번의 이혼을 하고 세 명의 남편에게서 딸을 얻었고 딸들에게서 태어난 손주 손녀들의 재롱을 보는 지금이 소라 인생의 화양연화다.

"만나자. 소라야."

수광이가 만나자고 할 때 소라는 단호했다. 젊지도 않고 모든 욕망이 사라지고 남자가 고목으로 보이는 나이이기 때문이다. 그 시절도 소라인생의 화양연화였다.

창밖에 그 해 겨울처럼 눈이 내리고 있다.

홍명희

성결교대학교 졸업
「문학나무 미니픽션」 등단
전 극동방송 상담사

수 필

서철수 조미구 김 진
최원현 허숭실 최강일
최건차 최의상

젊은 할배

서 철 수

"친절한 할아버지, 오셨습니까?"

우리 아파트 헬스장에 들어서자마자 늘 뵙는 K여사가 허리를 구십도까지 구부리며 익살스럽게 건네는 인사말이었다. 나는 깜작 놀라 잠시 얼어붙었다. 어리둥절해하고 멋쩍어하니 자초지종을 이야기 해 주었다.

그 사연은 엊그제였다. 내가 우리 아파트 도서관 주말 봉사(안내 및 관리 2시간 할애)중에 있었던 일이다. 오후 2시경 초등학교 3학년 여자 어린이 3명이 조심스럽게 도서관 문을 열고 들어왔다. 책을 고르는 모습이 예뻐 보이기에 나는 살며시 다가가 도서실을 찾아온 걸 격려하며 칭찬해 주었다.

"얘들아 잘 왔어. 책 많이 보고 즐거운 시간 보내. 그리고 필요한 것 있으면 오늘 안내 담당하는 나를 찾아 와서 물어봐."

아이들은 환하게 웃었다.

나는 그저 따뜻한 마음으로 한마디 했을 뿐이었는데, 그 일이 예상치 못한 방향으로 이어졌다. 도서실에서 만난 아이 중 한 명이 집에 돌아가 할머니에게 "도서실에 가보니 친절한 할아버지가 있더라."고 자랑했던 것이다. 그 아이 할머니가 K여사였다.

예전에 나는 어린아이들에게 별로 관심을 주지 않는 타입이었다.

그런데 이젠 나도 모르게 변했다. 아이들 보노라면 마냥 흐뭇하고 시선이 간다. 그야말로 숨길 수 없는 노인네 첫 걸음마를 딛고 있나 보다.

나는 어린아이들을 볼 때마다 다음 세대, 50년 후를 내다보고 생각한다. 이 아이들이 건강하게 자라서 사회와 국가, 그리고 민족을 위해 힘쓰는 사람이 되길 소망한다. 그런데 최근 뉴스에 보면 초등학생 때부터 영어, 수학, 수영, 미술, 태권도, 피아노 등 과외공부로 지쳐하는 아이들이 많다고 한다. 남에게 뒤질세라 학원에 보내는 부모 역시 과외비 부담으로 아우성이다. 뭔가 밸런스가 맞지 않는 틀을 가지고 이리 맞추고 저리 맞추는 꼴이다. 아이들이 싫어하는 일을 꼭 해야 하는 걸까?

우리 때를 넘어, 내 아들 초등학생 때인 80. 90년대 만해도 지금처럼 아이들이 과외공부에 내몰리지는 않았다. 우리 부부도 애써 집착하지 않았다. 내 아이는 동네 골목과 놀이터에서 뛰어 놀았고, 자연스럽게 친구들과 어울리며 자랐다. 게임에 완전 노출되거나 스마트폰에 붙잡혀 살지도 않았다(물론 그땐 그런게 없었지만). 특별히 요즘 아이들은 부모가 공히 취업전선에 있다 보니, 부모 중 한 사람이 퇴근하는 시간까지 소위 말해 '학원 뺑뺑이'를 도는 상황이 연출되고 있다. 안쓰럽기 그지없다. 지금 내 손자들도 그렇게 지내고 있다. 옆을 봐도 뒤를 봐도 어느 집도 다 그렇다.

과외공부보다는 책을 많이 읽는 습관을 길들이는 것이 훨씬 더 가치 있는 일이 아닐까 생각해 본다. 그리고 자유롭게 놀면서도 배움을 줄 수 있는 환경으로 우리 사회가 다시 세팅(setting)되었으면 하는 바람이 크다.

나는 우리 아파트 엘리베이터에서 마주치는 어린아이들에게 늘 인사를 건넨다.

"안녕!" "몇 학년이야?" "공부 열심히 해!" "잘 가!" 등 짧은 말들이지만, 아이들의 얼굴에 미소가 번지는 것을 볼 때마다 내 마음이 따뜻해진다. 처음에는 낯설어 하던 아이들도 시간이 지나면서 먼저 밝게 인사하는 일이 많아졌다. 때로는 부모와 함께 탄 아이가 나를 보고 먼저 "안녕하세요!"하고 인사할 때도 있다. 그럴 때면 그 아이 부모도 밝은 표정을 짓는다.

어느 날 한 아이가 내게 조심스레 물었다. "할아버지는 왜 항상 우리한테 인사해요?" 나는 웃으며 대답했다. "인사는 사람 사이에 따뜻하게 만들어 주는 마법 같은 거란다." 아이는 고개를 끄덕이며 "그럼 나도 친구들에게 먼저 인사해야겠어요!"하고 말하는 것이 아닌가. 그 순간 문득 생각이 스쳤다. 이렇게 작은 습관 하나가 아이들 마음에도 따뜻한 씨앗을 심을 수 있다는 걸…….

내가 건넨 인사말이 아이들에게도 전해지고 그들이 또 다른 누군가에게 따뜻한 말을 건네는 모습을 상상하면 가슴이 뿌듯해진다.

그러고 보면 '친절'이란 대단한 것이 아닌가 보다. 엘리베이터 안에서 먼저 건네는 인사, 길을 걷다 눈이 마주쳤을 때 지어 보이는 미소, 손이 무거운 이웃을 보고 슬며시 도와주는 작은 행동, 무슨 일에든지 '수고 했어요'라는 격려 등. 이런 사소한 것들은 밥상에 막 지어 올린 따끈따끈한 음식같이 맛깔스럽게 느껴진다.

누군가는 '나이 들어선 그저 조용히 지내는 것이 미덕'이라고 한다. 그러나 나이가 들수록 오히려 먼저 말을 걸고, 따뜻한 인사를 먼저 나누는 일이 소중하게 느껴지는 요즘이다. 아내는 나를 '주책없다'고 한다.

지난날 내가 어릴 적에 내겐 할아버지가 없었다. 우리 부친께서 6.25전쟁이 터지자 20대 초반에 단신으로 월남했기 때문이다. 그래서 나는 할아버지의 격대(隔代) 사랑이 어떠한지 경험해 보지 못했다. 그런 내게 아이들 사랑이 싹틀 줄이야. 내가 성장한 건지 세월이 그렇게 만들어 준건지 아무튼 모르지만 나는 지금 아이들이 마냥 좋다. 길 가다가도 뛰어 노는 아이들 보면 잠시 발걸음 멈춰 서서 지켜보곤 한다.

이젠 나도 영락없이 '할배(할아버지의 방언)'인가 보다. 아이들도, 병원에서도, 거울을 보아도, 스마트 폰으로 셀 카를 찍어 본 내 모습이 그렇게 말해 준다. 한편으론 속마음이 내게 속삭이며 위로해 준다. 젊은 '할배'라고…….

서철수

성균관대학교 및 동 대학원 졸업, LKA시민문화센터 디렉터
「크리스천문학나무」 신인작품상 수필 당선 등단,
(사)한국수필가협회 회원,
수필집 『내 생각의 카페에서』, 『더 가까이 있고 싶다』,
자기개발도서 『청년의 때를 읽다』 등 다수 출간

아! 고작 8분 때문에!

조 미 구

수원에 10년 넘게 살고 있는 나는, 그 이전에는 용인에서 잠시 3년 동안 거주했다. 그때 만들었던 용인시도서관 회원증 덕분에 여전히 그 도서관을 이용할 수 있어 참 감사하게 생각하고 있다.

요즘은 책값이 많이 비싸져서 어떤 책은 한 권에 2~3만 원에 이른다. 나는 주로 집과 가까운 수원시도서관을 이용하고, 먼저 책을 빌려 읽어본 후 꼭 소장할 가치가 있는 책만 구매하고 있다.

가끔 수원시도서관에 없는 책이 용인시도서관에 있을 때가 있다. 그럴 경우, 좀 멀긴 하지만 용인시도서관까지 버스를 한 번 갈아타고 가곤 한다. 차비가 책값에 비하면 훨씬 저렴하기 때문에 그렇게 하는 것이 좋다고 생각한다.

몇 주 전에 용인시도서관에서 내가 예약한 책이 도서관에 도착했다는 메시지를 받았다. 나는 그 책을 받으러 가려고 출발하는데 그날이 마침 주일이었다. 날씨도 아주 좋았다. 교회에서 오후 예배를 드리고 3시 30분 정도 됐다. 나는 교회에 남은 반찬들을 싸서 집에 가져왔는데 엄마 집에 가서 엄마도 드리고 우리 집 냉장고에도 반찬들을 잘 넣어놓고 도서관으로 출발했다. 친구가 전화해서 잠시 통화도 했다.

주말의 따스한 햇살이 흐드러지게 내리쬐던 그날, 수원에서 용인시 상현 도서관으로 가는 길은 마치 작은 여행과 같았다. 날씨는 맑고, 공기는 상쾌했다. 버스를 타고 가는 동안 창밖으로 펼쳐지는 풍경은 봄의 생명력으로 가득 차 있었다. 꽃들이 만개하고, 나무들은 푸르름을 더해 가고 있었다.

버스를 타고 가며, 나는 주변의 사람들을 관찰했는데, 가족 단위로 나들이를 나선 모습, 커플티를 입은 연인들이 손을 잡고 웃으며 대화를 나누는 모습, 친구들과 함께 떠드는 학생들의 모습이 눈에 들어왔다.

차창 밖으로 연을 날리는 사람들의 모습도 많이 보였고 박물관을 지나는데 우리나라를 방문한 외국 사람들도 버스에 많이 탔다. 그 모습들은 나에게 따뜻한 기운을 주었다. 도서관에 가는 길이 이리도 즐거운 줄은 몰랐다.

드디어 용인시 상현 도서관 근처에서 버스를 내렸다. 그런데 어디로 걸어가야 하는지 잘 알 수가 없었다. 지나가는 아저씨에게 길을 물어서 가라고 알려준 방향으로 열심히 걸어서 갔다. 아파트 단지로 들어가서 도서관 쪽으로 열린 문을 찾아서 가야 했는데 다행히 계속 걸어가다가 문을 찾았다.

도서관에 도착해서 시계를 보니 5시였다. 수원시도서관들은 보통 6시까지 하기에 용인시도서관도 마찬가지일 것으로 생각하면서 종합자료실이 있는 3층으로 향했다.

아! 그런데 이게 웬일인가! 종합자료실은 불이 꺼져 있었고 문이 닫혀 있었다. 안내문을 보니 주일에는 5시까지만 운영을 한다고 쓰여 있었다! 나는 너무 놀라서 용인시 도서관 전화번호를 찾아서 전화했다. 도서관 직원에게 내가 오늘 꼭 예약 도서를 빌려 가야 하는데 지금 도서관에 도착했는데 처리해 주셨으면 한다고 사정, 사정을 했다. 그런데 그 직원은 사서분들이 다 퇴근을 했고 전산도 내려갔기 때문에 어떻게 해줄 방법이 없다고 했다.

나는 용인시도서관까지 1시간도 넘게 걸려 찾아갔는데 책을 못 빌리고 돌아가야 한다니 너무 안타까웠다. 핸드폰에 내가 그 직원과 통화한 시간이 언제인가 봤더니 5시 8분, 딱 8분이 늦었다.

내가 미리 용인시 상현도서관 운영시간을 확인했다면, 교회 예배 끝나자마자 바로 출발했다면, 반찬을 나중에 집으로 운반했다면, 친구랑 전화 통화도 나중에 했다면 5시까지 도서관에 도착해서 책을 가져올 수 있었을 텐데……

나에 대한 끝없는 후회가 밀려왔다. 나는 항상 모든 일을 할 때 계획적으로 하려고 노력하는 사람이고 주위 사람들에게도 매사에 준비를 철저히 해서 일하라고 하는 사람인데 내가 이렇게 뼈아픈 실수를 저지르다니 괴롭기도 하고 부끄럽기도 했다. 너무 괴롭기도 하고 부끄럽기도 하여 이 이야기는 다른 사람들에게 절대 하지 말아야지, 앞으로는 모든 일을 할 때 더 철저히 준비하고 실행해야지 하는 생각들만이 머리에 떠올랐다. 아! 고작 8분 때문에 책을 못 빌리다니!

그런데 돌아오는 버스에서 또 기막힌 일을 당하고야 말았다. 나는 수원으로 돌아오는 버스를 탔다. 핸드폰으로 용인시 상현도서관 운영시간을 다시 확인해 보니 주일에는 5시에 문을 닫는다고 쓰여 있었다. 나는 혼잣말로

"아, 주일에는 5시에 문을 닫는구나!"

하고 말했는데 갑자기 내 앞 의자에 앉아 있던 젊은 아가씨가 일

어나면서

"여기 앉으세요."

하는 것이 아닌가! 내 앞의 의자를 보니 임산부석이었다. 내가 임산부석 바로 앞에 서서 뭐라고 중얼거리니까 이 아가씨가 내가 임산부이니 자리를 양보해 달라는 줄로 생각하고 일어난 것 같았다. 아니면 그 아가씨가 보기에 내가 너무 뚱뚱하니까 임산부인 줄 착각하고 자리를 양보해 줬나 보다. 둘 중 어떤 이유로 나에게 자리를 양보했든지 나는 너무 어이가 없어서 "아닙니다" 하고 다른 쪽으로 피했다.

그날 8분 늦어서 책을 못 빌린 것도 너무 억울했는데 뚱뚱하다고 임산부로 오인도 받고 너무 불쾌한 하루였다. 나는 그렇게 작은 실수 하나가 가져온 결과에 대해 깊이 생각하게 되었고 앞으로는 매사에 더 철저히 준비해야겠다고 다짐하며 하루를 마무리했다.

조미구

서울대학교 졸업. 숭실사이버대 방송문예창작학과 졸업.
「영남일보」주부수필대회 가작 수상
2022년 「크리스천 문학나무」 신인작품상 소설 당선 등단.
2024년 『아홉 빛깔 사랑』 단편소설 출간
현) 새샘물교회 사모. 현 조이록북스 출판 대표
블로그 https://blog.naver.com/joyrock300
e-mail: beautinine@naver.com
유튜브: 새샘물TV

절제의 미

김　진

저녁을 먹고 한참을 지나서야 몸을 일으킨다.

밤 열 시가 가까워지고 있다. 낮에 사온 알 배추로 겉절이 담을 준비를 한다. 함께 버무릴 재료들을 바삐 씻고 있는데 메시지 음이 울린다.

손 씻기가 귀찮아 그냥 모른 체하는데, 두어 번 더 들린다. 잠시 후, 휴대폰이 울린다. 남편이다. 남편은 빨리 메시지를 확인하라면서 끊는다. 사소한 일로도 워낙 메시지를 자주하는 편이라 나는 시큰둥하게 메시지를 클릭한다. 곧바로 전화가 울리더니 남편이 묻는다. 요지는 이렇다.

산책을 나갔는데, 시장 입구 노점에서 지금 시간까지 한 노파가 채소를 팔고 있다는 것이다. 남편의 메시지에는 채소를 찍은 사진이 두 장 들어 있다. 깐 쪽파 한 움큼, 풋고추 조금, 오이, 가지 두어 개씩이 바구니에 담겨 있다.

'매일같이 먹는 것들이니 모두 사오세요.'

늦은 시간까지 노점에 있다는 노파가 안쓰럽고 짠하다. 겉절이를 다 담그고 부엌을 정리하는데 남편이 들어와 까만 봉투를 내민다. 7000원을 주었다고 한다. 남편이 옆에 서서 얘기한다.

"글쎄, 노파가 오늘은 참 이상한 날이라고 해요."

아침부터 노파는 집에서 가꾼 채소들을 가지고 나와 막 자리를 잡고 앉았다. 50대로 보이는 아주머니 두 명이 오더니 개시를 했단다.

그런데 노파는 분명히 아직 돈을 받지 않았는데, 그들은 큰돈을 주었다고 거스름돈을 달라고 했다는 것이다. '줬다, 안 받았다'를 몇 번 옥신각신하다가 그 아주머니들은 돈을 찾아야 한다면서 노파 옷을 다 수색한 모양이다.

결국 돈은 나오지 않았다. 노파는 아직 장사를 시작도 안 했는데 본인에게 무슨 큰돈이 있었겠냐고 하더란다. 노파 옷 속까지 다 뒤집어 본 그들은 미안하다면서 떠났고, 노파는 너무 서러워서 울었다고 한다.

당연히 종일토록 속이 무척 상했을 것이다. 그런데 이렇게 아저씨가 마지막 떨이를 해주니 기분이 다 풀렸다면서 환하게 웃었단다.

종종 사람들의 눈살을 찌푸리게 하거나, 도덕적으로 비난을 받을 행동을 하는 이들을 보게 된다. 우리가 불쾌한 일을 겪는 데에는 대개 누군가의 절제되지 못한 행동에서 출발한다고 본다.

주위 사람을 배려하지 않고 본인 내키는 대로 말하고 행동하는 사람이 있다. 그런 모습을 볼 때면 안타깝다.

물론 타고난 성품도 있을 수 있겠지만, 애초에 어릴 적부터 절제 훈련이 되지 않은 때문이 아닐까. 절제된 미가 아름답듯이 온전한 인격은 절제에서 시작되어 나아가 품위로 완성이 되지 싶다. 절제를 못하는 사람은 당연히 품위가 없다.

나는 품위 있는 사람이 좋다.

아주 오래 전, 친정아버지가 하신 말씀이 어렴풋이 떠오른다. 절제의 시작은 '식食'에서부터 시작된다고 했다.

먹는 것에서 절제가 안 된 사람은 다른 무엇에서든지 절제가 어렵기 때문에 뜻한 바를 이루기가 힘들다고 하셨다. 먹는 것을 절제하기란 말처럼 쉽지 않다.

훌륭한 인격으로 소문난 친척 어르신은 평생을 식탁에서 수저 내려놓는 시점을 두고 갈등을 한다고 했다.

나 역시 지금도 이따금 허기질 때나 좋아하는 음식을 마주할 때면 절제를 못하곤 한다.

또한 감정을 절제하지 못하면 그 화가 결국 자신을 망가뜨린다. 공공장소에서 소란을 피우는 사람들을 간혹 보게 된다. 어쩔 수 없는 상황이라 할지라도 사람들의 질타를 받기 마련이다. 노파의 옷을 뒤져서 돈을 찾으려 했던 그 여인들은 절제를 했어야 했다. 절제는 스스로 하는 통제 능력이기에 자신만이 할 수 있다. 자신을 다스리며 실천하는 사소한 절제가 삶을 바른 길로 이끈다. 행동을 아름답게 하는 것이 바로 절제이다.

즐거운 식사 자리에서 술로 분위기를 망치거나, 또 정제되지 않은 말로 동행한 이들을 곤혹스럽게 하는 사람도 있다. 함께 여럿이서 마주하고 이야기할 때, 대화가 아닌 혼자서 일방적으로 말을 하는 사람을 종종 보게 된다.

이런 사람에게도 절제가 필요하다. 절제가 잘 되는 사람은 주변이 깔끔하다. 절제를 모르는 사람은 늘 주위가 너저분하기 마련이다.

매사에 절제가 어려운 사람은 계속해서 실수와 후회를 반복하게 된다. 말과 행동은 절제될 때 공감을 받을 수 있다. 나 또한 절제하는 힘이 부족해 늘 마음을 다잡으며 애쓰고 있다.

다른 사람의 강요에서가 아니라 본인의 의지로 절제가 잘 되는 사

람, 그런 사람은 나에게 선망의 대상이면서 매력적인 사람으로 다가
온다. 누군가가 했던 말이 생각난다. 행복은 인생에서 불필요한 것들
을 덜어내는 데에 달렸다는 것이다. 우리가 행복할 수 있는 지름길이
바로 절제이지 싶다.

김 진

「산림문학」 수필 등단
한국문인협회, 한국수필가협회, 산림문학회 회원
수필집 : 『아버지의 넥타이』

기다림 없는 기다림

최 원 현

섬뜩했다. 잡은 손이 얼음장 같다. 에어컨이 나온다고는 하지만 삼복의 여름인데 살아 있는 사람의 손이 어찌 이리 차가울 수 있단 말인가. 뼈만 남은 손목은 허옇게 가죽만 떠 있었다. 부어 있는 것이다. 옆의 할머니가 "자꾸 침대 난간을 붙잡고 있어서 그래요" 하며 내 궁금증이 그거였을 거라는 듯 거들었다. "네" 나는 가볍게 응대하고 발을 만져보았다. 발은 그래도 손처럼 차갑진 않다.

비로소 눈을 보았다. 눈은 맑아 보인다. 그러나 나를 알아보는 것 같진 않다. "큰어머니, 원현이어요. 원현이 알겠어요?" 하는데도 멀거니 초점 없는 눈으로 쳐다만 보신다. 또 옆의 그 할머니가 "잘 못 들으니 귀에다 대고 크게 말을 해 봐요" 하신다. 귀가 어두워지신 것은 알았지만 이젠 고함치듯 크게 말하지 않으면 못 들으시나 보다. 아까 했던 말을 귀 가까이 대고 크게 되풀이했다. 그리고 눈을 들여다보았다.

그제야 고개를 끄덕이면서 "이름은 잊어부렀다" 하신다. 나는 "원현이라고요, 원현이, 그리고 얘는 수경이고" 다시 소리를 질렀다. 순간 입가에 미소가 일고 고개를 끄떡하며 알겠단 표정을 지으신다.

머리맡의 이름표를 본다. 93. 김순례라 쓰여 있다. 93세의 큰어머니는 이곳에 오신 지 만 2년이 되는 것이다. 정신은 그래도 맑은 편이셨는데 이젠 그 정신마저 흔들리고 있는 것 같다. 그나마 오늘은 좀 맑은 편이란다. 다행히 나와 딸아이도 알아보시는 눈치다. 4년 전 넘어지셔서 다리가 부러졌다. 수술을 했지만 거동은 못 하시게 되었다. 아들 셋에 딸 하나 4남매를 두었지만 집에 모시기는 무리였다. 잠깐씩 모셔 보았지만 수발을 들 수가 없었다. 다시 정형외과 병원에 입원했다가 요양병원으로 옮겨 온 것이다.

찾아뵙는다는 것이 이 일 저 일로 자꾸만 미뤄졌다. 가봐야 알아보지도 못할 거란 말에 더욱 더뎌졌다. 그러다가 마침 딸네 식구들이 집으로 와서 자고 간다는 말에 그럼 같이 다녀오자고 한 것이다. 아내와 딸네 다섯 식구가 차 두 대로 이곳까지 왔다. 그러고 보니 내 손녀들까지 치면 4대가 모인 셈이다.

큰어머니는 참 미인이셨다. 지금도 그 고왔던 모습은 보인다. 평생 건강하진 않으셨지만 큰 어려움 없이 사신 분이다. 시골 중학교를 마치고 올라온 나는 큰어머니 댁에서 고등학교를 다녔다. 해서 큰어머니는 어머니 같다. 그로부터 어언 오십 년이 되었다. 나도 어느새 남매에 다섯 손녀의 할아버지가 되어 있지 않은가. 세월의 무상함보다도 언제 이렇게 세월이 흘러버렸는지 더럭 겁이 난다. 내 나이도 일흔을 넘긴 지 한참이지 않는가.

큰어머니의 차가운 손을 딸과 하나씩 나눠 잡고서 기도를 했다. 편안히 계시다가 가실 때도 고통 없이 가실 수 있기를, 그리고 그 가는 길이 나도 가야 할 길이라는 것을 생각하는 시간이었다.

주위를 둘러보았다. 어떤 영화에선가 보았던 것 같은 사이보그 생산 공장 같았다. 그러나 이곳은 죽음으로 가는 대기소다. 50개는 될 것 같은 침대들, 거기에 하나같이 정렬하여 누워 있는 분들, 저들은 무엇을 기다리고 있는 것일까. 저들에게도 기다림은 있을까. 아니면 미지의 곳으로 가야 한다는 불안만일까. 그러나 대부분 평온한 모습들이다. 갈 곳도 간다는 것조차도 잊고 사는 사람들, 왜 여기에 누워 있는지조차 모르는 분도 있는 것 같다. 큰어머니도 누가 오기만 하면 집에 가겠다고 하셨단다. 하지만 지금은 그것마저도 포기한 듯싶다. "내가 너무 오래 산다" 하시며 나를 쳐다보는 눈가에 이슬이 맺혀 있다.

다시 주위를 둘러봤다. 하나같이 같은 모습들이다. 가는 순서는 정해져 있지 않겠지만 저렇게 계시다가 한 분 한 분 이 세상을 떠나갈 거라 생각하니 사는 게 무언가, 살아 있다는 것이 무언가 가슴이 답답해 온다.

아이들은 내보내고 딸아이와 나만 더 있는데 이상하게 숨이 막혀 오는 것 같다. 죽음과 가까워져 가는 사람들의 냄새다. 더 이상 있어도 아무 도움도 될 것 같지 않고 오히려 다른 분들께 폐만 될 것 같아 그만 일어서기로 했다. "큰어머니 또 올게요" 하고 일어서니 듣지는 못하셨을 텐데도 우리의 움직임으로 가려는 것을 아셨는지 그 가는 손을 힘겹게 들더니 흔드신다. 거동도 못 하고 겨우 침대를 높여 앉게 해줄 수 있을 뿐이니 이제 큰어머니의 세상은 이만큼 만인 것이다. 그렇게 잠깐 앉아 식사하고 다시 눕혀지는 반복, 이것이 당신 삶의 마지막 공간이라 생각하니 더 이상 바라볼 수가 없다.

죽 놓여 있는 침상들을 지나쳐 나오면서 다시 돌아보니 큰어머니가 여전히 손을 든 채 흔들고 계신다. 잘 가라는 것일까. 또 오라는 것일까. 나도 데려가 달라는 것일까. 아니면 이제 너네들과는 영영 다시 볼 수 없겠구나 하는 생각의 마지막 인사이실까.

숨을 쉴 때마다 느껴지던 죽음의 냄새 같은 것, 하지만 이게 진정한 사람의 냄새일지도 모르겠다. 이 냄새를 감추고자 이 모습을 숨기고자 사람들은 갖은 화장품에 향수까지 동원해 칠하고 바르고 뿌리고 하지 않던가. 그러나 어느 순간에 그런 것들조차 아무 소용이 없게 되고 본연의 모습에 본연의 냄새만 남게 되니 그게 지금이 아닐까.

병원 이름이 세계로 요양병원이란다. 어떤 세계로일까. 이곳 말고 신세계로 가는 정류장 같은 병원이라는 뜻인가. 3남 1녀를 키우며 역동의 세기를 살아왔던 삶의 마지막은 너무나도 연약한 인간의 모습이다. 욕심도 희망도 다 사라진 얼굴엔 아이 같은 천진함만 남아 있다. 어머니에 대한 기억이 전혀 없는 나이지만 외할머니, 이모님, 장모님의 마지막을 봤다. 모두 지금의 큰어머니와 같은 모습이었다. 외할머니는 여든일곱, 이모가 일흔여덟, 그리고 장모님이 여든일곱으로 가셨다. 지금 큰어머니는 아흔셋이니 가장 오래 사는 셈이다. 하지만 오래 산다는 것 또한 무언가. 차가워진 손, 뼈와 가죽만 남은 다리며 발, 눈동자만 까만 얼굴, 모든 것을 놓아버린 모습에서 빈손으로 왔다가 빈손으로 간다는 노랫말을 생각한다. 오는 것도 가는 것도 마음대로 되는 것 아니잖은가. 그저 다가올 삶의 종착역을 막연하게 기다

리는 저 많은 모습들 중 하나일 뿐인 큰어머니를 보며 기다림 없는
기다림이란 생각이 들었다. 기다림이란 무엇이건 목적한 바가 있기
마련인데 그 목적 자체를 잃어버린 저분들에겐 그저 시간만 흘려보낼
뿐 아닌가.

무언가를 할 수 있다는 것처럼 큰 행복도 없을 것 같다. 병실 입구
'쾌유'라는 리본을 단 화분에서 시들어 가는 꽃 이파리처럼 아무런 소
망도 기대도 없는 기다림, 차가워진 큰어머니의 손처럼 내가 해줄 수
있는 것도 아무것도 없다.
　병원 문을 나와 햇볕 아래 서니 힘없이 흔드시던 큰어머니의 손이
자꾸만 눈앞을 가로막는다.

최원현

「한국수필」로 수필, 「조선문학」 문학평론 등단.
한국수필창작문예원장, ·사)한국수필가협회명예이사장, 사)한국문인
협회 부이사장(역임), 국제펜한국본부·국립세계문자박물관·범우문
화재단 이사.
한국수필문학상·펜문학상·한국문학상 수상 외
수필집 : 『날마다 좋은 날』,『그냥』,『누름돌』등 19권,
중학교 「국어1」「도덕2」에 수필,
고등학교 「국어1」「문학 상」에 수필 이론 실림.

반딧불 추억

허 숭 실

뉴저지 메디컬 센터 응급실에 누워, 뼈는 골절되지 않았다는 엑스레이 검사 결과를 듣고서야 통증을 잠시 잊을 수 있었다. 의사는 피멍이 들고 부어오른 엄지발가락 양쪽에 마취 주사를 놓았다. 10분쯤 지나자 발톱에 구멍을 두 개나 뚫고 안에 고인 피를 뽑아냈다. 큰아들과 며느리가 내 어깨를 감싸안고 나의 아픔을 자기들 몸으로 느끼고 있었다. 눈을 감고 그들에게 기댄 채 아픔 대신 행복감에 젖어 들었다.

2004년, 미국 대통령 선거를 앞두고 뉴욕에 테러가 있을 것이라는 루머가 떠돌아 세계를 불안에 떨게 하던 때였다. 9.11 테러가 있었던 뉴욕, 그것도 미국 독립 기념일인 7월 4일을 낀 여행 일정이 불안하다며 작은아들은 나의 미국행을 극구 말렸다. 테러의 공포가 좀 수그러들면 그때 자기가 여행비용을 마련해 드릴 테니, 이번에는 제발 가지 말라고 졸랐지만, 손녀 예린이가 기다릴 것을 생각하면 여행 일정을 미룰 수가 없었다. 사람들이 많이 모이는 곳엔 가지 않겠다고 작은아들과 약속하고 나서야 뉴욕행 비행기에 오를 수 있었다.

금속공학 석사까지 마치고 회사에 잘 다니던 큰아들이 음악 공부, 재즈를 공부하고 싶다며 미국 유학길에 오른 지가 6년이 되었다. 다른 부모들처럼 방학 때마다 유학 중인 자녀들을 찾아가지 못했던 터라, 올해로 공부가 끝난다기에 작은아들의 만류를 무릅쓰고 뉴저지에 사는 큰아들 집에 짐을 풀었다.

7월 4일 아침이었다. 큰아들이 음악연주로 봉사한다는 교회에 가려고 서두르다가 여행 가방이 내 발 위로 쓰러졌다. 그 순간 눈에서는 무수한 별들이 부딪치며 번쩍였다. 덕분에 모든 일정을 접고 집에서 쉬면서 진정한 의미의 휴식을 누리게 되었다. 예린이와 함께 한가로이 시간을 보내면서 자연의 리듬을 들을 수 있었다.

새벽이면 새들의 합창 소리에 눈을 뜬다. 소프라노에서 바리톤까지 각양의 음색으로 지저귀는 새들의 합창은 잠자던 세포를 깨워줄 뿐만 아니라 삶의 기쁨도 알려준다. 이름 모를 새들이 나무에서 잔디로 살포시 내려앉아 친구들을 불러 모은다. 먼저 온 참새들은 여기저기 뿌려진 식빵을 쪼아 먹느라 여념이 없다. 큰 나무 아래에서는 다람쥐들이 꼬리를 치켜세우고 두 손에 움켜쥔 껍질 땅콩을 뱅글뱅글 돌려가며 고 자디잔 이빨로 껍질을 벗기느라 바쁘다. 어린 다람쥐는 땅콩을 입에 물고 큰 다람쥐에게 빼앗길까 봐 나무로 재빠르게 올라간다.

모처럼 새들에게 먹이를 주려고 나갔는데, 오늘도 한발 늦어서 시무룩해졌던 예린이는 금방 다람쥐들의 모습에 넋을 잃고 바라본다. 벌써 이웃집의 서양 할머니가 이른 새벽에 껍질 땅콩과 식빵을 뿌려주었다. 할머니는 다리가 불편해서 잘 걷지도 못하지만 새벽마다 먹이를 주러 나오신다. 다람쥐와 새뿐만 아니라 고양이도 보살피며 갓 태어난 새끼 고양이를 아이들이 만질까 봐 온종일 창가에 앉아서 밖을 살피는 분이다. 할머니는 우리에게 "하이, 굿모닝" 하며 예린이가 들고 있는 땅콩 바구니에 땅콩 한 움큼과 식빵을 넣어주었다.

잔디밭에서 벌어지고 있는 새들의 만찬장을 바라보면서, 새도 들짐승도 사랑을 먹고 산다는 것을 실감할 수 있었다. 동물을 사랑하는 마음은 인종과 나이를 초월해 한결같음도 보았다.

20여 년 전 프랑스의 엑 쌍 프로방스(Aix-en-Provence)에서 한 달여를 지낸 적이 있었다. 공원으로 산책 갈 때마다 들고양이에게 먹이를 주고 있는 할머니를 만나곤 했다. 외로운 할머니였던가 보다. 어느 날 나그네인 나를 붙잡고 고양이들의 이름을 불러가며 족보를 소개하기 시작했다. 다리를 저는 고양이, 애꾸인 놈, 꼬리가 잘린 회색 고양이 등 그들이 다쳤을 때의 상황까지 할머니는 마치 손자 손녀들의 재롱을 얘기하듯 자상하게 설명했다. 자신이 받는 복지연금으로는 많은 고양이를 돌보기에 부족해서 세탁부로 일한다는 이야기를 듣고, 사랑의 물줄기가 졸졸 흐르는 실개천이 떠올랐다.

그러나 실은 고양이들이 그 할머니의 삶을 지켜주고 있는지도 모른다. 우리는 누군가를, 무엇인가를 사랑하기 위하여 살아가고 있지 않은가. 사랑할 대상이 없어지는 날이면 삶의 의미도, 희망도 즐거움도, 그리고 살아가야 할 당위성조차도 끝나고 마는 것이다.

저녁이면 정원에서 반딧불을 쫓아다니며 소리 지르는 예린이를 바라보면서, 규칙적이고 인위적인 시간으로부터 벗어난 태고의 자유를 맛볼 수 있었다. 노란 불빛을 뿜으며 솟아오르는 반딧불과 함께 예린이가 하늘로 띄워 올리는 소리의 향연, 그것은 정말 오랜만에 다시 만나는 우주의 숨결이었다.

팽팽하게 짜인 균형이 깨어질 때 섬광이 번쩍 일어나듯, 잊혔던 옛 기억이 포르르 솟아올랐다. 여름방학엔 제천에 사는 친구 집으로 가곤 했다. 서울에서 시계추처럼 살다가 한가로운 시골 풍경이 좋아서 들판으로 쏘다녔다. 농촌의 밤은 일찍 찾아왔다. 사위가 캄캄해지면 풀밭에서 연기가 피어오르듯 반딧불이 여기저기서 불빛을 피워 올렸다. 날아오르는 반디를 잡아 손안에 넣어 두 손을 오므리고 손가락 사이로 반짝이는 불빛을 보며 탄성을 지르곤 했었다.

50여 년 전 여름방학 때 제천의 의림지에서 보았던 반디가 미국 땅 뉴저지에서 나를 기다리고 있었던 것일까. 그날 반딧불을 따라다니며 깔깔대던 예린이의 탄성은 50여 년을 돌고 돌아온 나의 목소리였는지도 모른다.

엄지발가락은 몸을 지탱해 주는 주춧돌이었다. 엄지발가락에 힘을 실을 수 없게 되자 몸의 균형이 잡히지 않아 비틀거렸다. 발가락 하나만 못 쓰게 되어도 몸의 조화가 깨어져 불편하기 이를 데 없었다. 절뚝거리면서 소소한 것 하나하나가 다 제 몫을 하고 있구나, 골고루 소중하구나! 체험했다. 발톱이 빠져서 기대하고 계획했던 박물관과 미술관에는 갈 수 없었지만 새옹지마(塞翁之馬)라고 해야 할지, 우주의 리듬을 따라 시간과 공간을 넘나들며 더 귀한 것들을 접할 수 있었던 여행이었다.

허숭실

「문학마을」 수필로 등단
이화여대 불문학과 졸업
이대문인회 이사, 한국크리스천문학가협회 이사
수필집: 『꽃은 흔들리며 사랑한다』 『나의 13월』 『신의 시간표』
수상: 범하문학상, 한국크리스천문학상, 이화문학상

만델라의 일생

최 강 일

만델라(1918~2013)는 아프리카에서 인종차별정책에 반대하면서 투쟁하다가 종신형을 받고, 외딴섬의 감옥에서 27년간 복역하였다.

1990년 전 세계는 남아프리카공화국에 만델라의 석방과 인종차별정책을 끝낼 것을 강력히 요구하며, 남아프리카 상품 불매운동과 스포츠 교류를 거부하였다.

그리하여 더 이상 버티지 못하고 1990년 2월 11일에 만델라를 27년 만에 석방해야 했다.

그러면서 아프리카 민족회의 활동금지령도 해제되었다. 당시의 남아프리카 대통령은 권력분배 원칙을 수용하고, 흑인도 정치에 참여시키는 합의에 서명하여, 드디어 모든 남아공 사람들은 동등한 권리를 갖게 되었다.

1994년 4월 26일 민주선거로 만델라는 75세 때 남아공의 최초의 흑인 대통령에 당선되어, 그간의 투쟁에 대한 영광스러운 결실을 거두게 되었다.

아프리카 민족회의에서도 400개의 의석 중 252석을 차지하여 그간의 인종차별정책을 폐지하고, 남아공 흑인들은 자유를 쟁취하게 되었다.

만델라의 조부는 남아프리카 템부족을 다스리는 왕이었고, 부친은 템부족 추장들에게 자문을 해주는 역할을 했다. 부친은 4명의 아내와 13명의 자녀를 두고 있었고, 만델라는 셋째 아내의 아들이었다. 그녀는 1남 3녀를 데리고 농사를 지으며 살다가 백인 행정관의 횡포로 고향을 떠나 쿠누로 이사해야 했다.

17세기경 유럽인들이 아프리카에 정착하면서 원주민을 억압하자 코사족은 유럽인 침략자와 맞서 싸워야 했다. 만델라의 부친은 자녀들에게 엄격했고, 자녀들에게 코사족의 관습과 역사를 가르쳐주곤 했다.

9세 때 부친이 사망하자 그는 쿠누를 떠나 부유하고 권력 있는 친척집에 보내져 교육을 받게 되었다.

친척집에서 교회에 다니며 기독교학교에서 공부했다. 기숙학교에서 영어, 역사, 테니스, 축구 등도 배웠다. 1939년 대학에 입학하자 제2차 세계대전이 발발했다. 남아프리카공화국은 독일에 대항하는 전쟁에 참여했다.

대학을 마치고 친척의 도움으로 요하네스버그 부동산 사무실에서 서기로 일하며, 장차 변호사가 되기 위해 법률공부를 시작했다. 법학은 그에게 유일한 지적 관심 대상이었다.

그 후 1952년 요하네스버그에서 흑인들을 위한 법률상담소를 열기도 했다.

남아프리카공화국에서는 26개 도시에서 흑인과 백인의 분리명령이 떨어지고, 흑인들은 자신들에게 할당된 거주지 이외에는 땅을 가질 수 없었고, 어디를 갈 때는 꼭 통행증이 있어야 했다. 또한 흑인들은 식당에서도 백인들과 함께 식사를 할 수 없었다.

흑인과 백인은 공공장소도 같이 사용하지 못하게 했다. 흑인들은 흑인 전용 거주 지역으로 강제 이주시키기까지 했다.

이에 만델라는 흑인들의 권리를 위해 시민불복종운동에 나서게 된다. 아프리카민족회의에도 가입하고 유럽을 돌며 남아프리카 민족회의를 위한 지지를 호소하러 다니다가 불법으로 나라를 떠난 죄와 금지령 위반죄로 체포되고 감옥에 투옥된다.

일행 7명이 로벤섬 감옥으로 끌려갈 때 그는 46세였다. 그 후 자유를 찾기까지 무려 27년간 감옥살이를 하게 되었다. 1967년 큰아들이 교통사고로 사망했는데도 내보내지 않았다.

1975년 12년 만에 딸들이 감옥을 찾아와서 겨우 면회를 했을 뿐이다. 그 후 감옥에서 집필을 시작하고 출소하는 죄수 편에 원고를 세상으로 내보곤 했다.

1964년 법정에서 그는 비인도적인 인종차별정책 때문에 얼마나 많은 흑인들이 힘들게 지내는지를 폭로하면서, 왜 비폭력저항운동에서 무장 항쟁으로 시위가 격렬해졌는지를 열정적으로 역설했다. 무려 4시간 동안 증언대에 서서 자신의 신념을 밝히고, 아프리카인들의 자유를 위해 죽을 각오가 되어 있다고 갈파했다.

정치범으로 몰린 그와 동료들은 감옥에서도 삼엄한 경비 속에서 혹독한 대우를 받았다. 석회석 채석장에서 뜨거운 햇볕 아래 곡괭이와 삽으로 석회석을 캐내야 했다. 그들은 가족의 면회, 서신도 금지시켰다.

그는 비좁은 감옥에서도 날마다 열심히 운동을 했다. 45분씩 달렸고, 팔굽혀펴기를 100번씩 하고 앉았다 일어서기를 200번씩 하고 무릎 굽혔다 펴기를 50번씩 했다. 그러면서 행정관에게 감옥의 잘못된 체계를 고치라고 요구하며, 더 나은 음식과 환경을 제공하라고 끊임

없이 요구했다.

드디어 학습할 수 있는 권리를 얻어내 학습 시간, 정치토론 시간을 가질 수 있게 되었다. 달력이 없어 벽에다 그려놓고 날짜를 기록하기도 했다.

1968년 모친 사망 때에도 참석을 못하게 하였다. 1975년 57세 때 감옥에서 집필을 시작했고, 그 결과물을 석방 죄수를 통해 바깥세상으로 내보냈다. 만델라를 석방시키기 위한 운동이 시작되면서, 1984년 인종차별정책을 반대한 공로로 투투 아프리카 주교가 노벨평화상을 수상했다.

1985년 미국 상원의원 에드워드 케네디가 남아프리카를 방문하여 항의하기도 했다. 그리하여 드디어 1990년 2월 11일에 만델라는 수감 27년 만에 71세 나이로 석방되면서 아프리카 민족회의 금지령도 해제되었다.

1994년 대통령에 당선된 후 1995년 투투 대주교를 위원장으로 추대하여 '진실과 화해 위원회'를 출범시켰다. 인권착취 사례를 조사하고, 가해자들에게 죄를 뉘우칠 기회를 주고, 피해자들에게는 적절한 보상조치를 하여, 용서와 화해를 강조하였다. 그리하여 42년간의 흑백분리정책을 마감하고, 모든 시민들이 자유롭고 평등하게 지낼 수 있는 민주국가의 토대를 쌓았다.

1999년 만델라는 81세의 나이로 퇴임하고, 시골 쿠누로 낙향했다. 대통령직을 재임하지 않겠다는 약속을 지킨 것이다.

은퇴 후 세계 지도자들과 만나며, 국제회의에 참석하고, 가는 곳마다 환영을 받았다. 2004년 모든 공직에서 은퇴한 후 5명의 자녀들, 손자들과 행복한 노후를 지내다 2013년 지구별에서 하직하고 하늘나라로 갔다.

위대한 인물이 위대한 역할을 훌륭히 마치고 세상을 떠난 것이다. 아마도 그는 두고두고 역사에서 빛나는 별로 남을 것이다. 세계 인권 운동의 상징적 존재가 되었다. 남아프리카공화국은 2010년의 월드컵 개최권도 따냈다.

한 위대한 인간의 일생기를 보며 같은 인간이 피부색이 다르다는 이유 하나로 인간 대우를 받지 못한다는 것이 얼마나 불행한 것인가를 생각했다.

그러면서 한편 황인종인 우리는 백인종한테 하대를 받고 있지 않은가 의심하면서도 우리 역시 흑인을 심리적으로 하대하지 않는다고 장담할 수 있는가 생각해 보았다.

최강일

「한국크리스천문학」 수필 등단
고려대학교 영어영문학과 졸업
남강고등학교 교사로 정년퇴임
한국크리스천문학가협회 회원
스마트 북 「울타리」 기획자문
옥조근정훈장 - 대통령표창 수상

살모사 죽이기

최 건 차

산야에서 뱀이 보이면 꼭 잡아죽여버려야 직성이 풀린다는 누구의 이야기다. 왜 뱀을 죽여야 하는가에는 사악한 온갖 거짓과 위선을 연구 발생케 하는 사탄의 원조가 뱀이라는 것 때문이다. 뱀은 종류별로 크나 작으나 알을 낳는데 독사도 새끼를 낳는다. 그런데 살모사殺母蛇는 새끼가 태어나면서 어미를 물어 죽이려 들기 때문에 나무 위에서 아래로 떨어뜨려 낳는다고 한다. 이에 자기 나라와 도와준 분들께 감사하지 않고 자신의 이익과 사상적 이념을 위해 죽이려 드는 자들을 살모사 같은 것들이라고 할 수밖에 없다. 부모와 같은 친 고숙을 반역으로 몰아 처형하고 북한을 도와주려는 남한을 파괴하려는 김정은의 속성도 살모사다.

북한의 침략으로 대한민국이 위태로울 때 도와준 우방을 외면하려 하고, 악의적인 거짓선동으로 정권을 빼앗아 사회주의 나라를 만들려는 자들도 살모사 족속이다. 우리나라는 자유민주주의 시장경제체제로 세계 10위권 내에 들고 있다. 이토록 자랑스러운 대한민국의 역사를 왜곡하고 정체성을 무너뜨리며 국력을 퇴보시키려는 자들이 설치고 있다. 이에 산이나 들에서 뱀이 눈에 띄면 우선 도망가지 못하도록 스틱으로 내리친 다음 목 부분을 짓밟아 뭉갠다. 그런데도 꿈틀대는 놈은 대가리를 손으로 꽉 움켜잡고 위로 치켜 올린다. 그 다음에는 두 손으로 대가리 부분을 위와 아래 양쪽으로 분리해 붙잡고, 더 이상 거짓선동과 궤사한 혀를 날름거리지 못하도록 쫙 벌려진 주둥이로부터 꼬리 부분까지를 쫙 쪼개 버린다.

잔인한 방법처럼 보이지만, 그 이상으로 당해도 될 만한 짓들을 하는 자들이어서 그들에 대한 준엄한 심판의 상징이다. 우리는 오랫동안 가난에 시달리며 약소국의 설움을 딛고 선진국대열에 발을 올려 경제대국으로 발전을 거듭하고 있다. 이렇게 대단한 나라를 전복하려고 무력도발을 일삼고 남남갈등을 부추겨 사회를 혼란케 하려는 북한 편을 드는 자들의 짓이 곧 살모사다. 한때 우리나라보다 경제적으로 훨씬 앞섰던 나라 중에 일부가 사회주의를 했다가 추락한 것을 볼 수 있다. 그걸 빤히 알면서도 이 나라를 그렇게 되게 하려는 자들은 대한민국을 북한에 넘겨주려는 공작원이며 만고의 역적이다. 그러한 증거로는 세계적 기술을 축적하고 있어 수출의 문이 활짝 열린 원전사업을 막으려는 정책을 펴고 있다.

유럽의 선진국들도 한때 핵 위험이 어떠니 하며 탈원전을 시도했었다. 하지만 이론처럼 되지 않고 국가 발전에 손해가 되는 것을 알게 되어 원자력발전을 다시 장려하고 있다. 그 일례로 영국 등 여러 나라에서 원자력발전소를 지으려고 우리나라의 기술을 선호하고 있었지만, 정부가 탈원전 정책을 내세우는 바람에 돌아선 상태다. 이 나라를 망가뜨리고 있는 문재인과 그의 수하들은 전력수급과 수출의 효시가 되는 것을 막으려고 선동과 궤사를 부려 산림훼손과 자연환경 파괴 등으로 많은 부작용을 발생시키고 있다. 친환경이라며 태양열발전과 어설픈 풍력발전이 제일인 양 내세우는 그 속내가 과연 무엇인지 그의 행보로 알게 되어 있다.

거짓과 악으로 서지 못하는 게 공의로운 역사다. 거짓선동으로 정권을 탈취한 자들이 적폐청산을 한다며 자기들이 바라는 사회주의 이념의 칼을 휘두르며 국론을 분열시키고 있다. 술수와 과장된 거짓선동으로 권력을 휘두르는 자들이 그 누구인가. 정의로운 나라를 만든다며 국가의 안보와 국방을 자신들이 추구하는 이념의 잣대에 맞추어 허물어뜨리고 있는 자들이 누구인가. 5·18, 광우병, 세월호, 촛불시위 등을 배후조종하고 이용한 자들이 누구인가. 역사적 사실은 오래 숨겨지지 않는다. 저들이 쳐놓은 장애물 때문에 이 나라가 바로 세워지기에 어려움이 많다. 하지만 진실을 거짓으로 둔갑시키고 있는 죄과에 대한 역사의 심판을 받게 될 날이 곧 닥칠 것이다. 그간 내 손에 잡혀 죽은 뱀들의 꼴이 되는 것처럼.

지난여름 봉삼을 캐러 가자는 제의를 받았다. 이참에 뱀을 잡아 죽여야겠다는 생각이 들어 따라나섰다. 강을 끼고 내륙 깊숙한 곳으로 들어가 봉삼이 있겠다 싶은 지점에 이르렀다. 봉삼이 있을 성싶은 데를 찾아보다가 드디어 하나를 발견하고 위쪽 좌우로 몇 개가 더 보여 신나게 캐고 있을 때 앞으로 살짝 스쳐가는 이상한 것이 눈에 띄었다. 색깔이 붉고 푸르고 약간은 누런색으로 위장한 놈이 혀를 널름거리며 방어 자세를 취하다가 바르르 떨었다. 얼씨구나! 너 잘 만났다 싶어 스틱으로 한 방 먹여 놓고 버둥대는 놈을 발로 밟아 대가리를 움켜쥐었다.

궤사하고 가증스러운 MXX의 상징으로 보이는 불독사다. 놈의 면면을 떠올리며 반역행위를 열거하고 처형키로 했다. 첫째, 좌편향 이념으로 민심을 교란하고 국론을 분열시키며 국가 정체성을 모호하게 하고 국력을 약화시키려는 죄. 둘째, 발전할 수 있는 경제적 대내외 여건들을 차단하고 제거하는 수법으로 이 나라를 파탄시키려는 죄. 셋째, 국방, 안보와 대외 우방 관계가 바로 되지 않도록 하고 북한

편에 서는 이적죄. 넷째, 국민의 편의를 도모해주는 척 인기영합주의
로 몰아가 결국 이 나라를 퇴보시키려는 죄 등을 낭독하고. 권력을
틀어잡고 대한민국을 고립시키고 있는 짓을 하는 놈을 살모사로 여겨
대가리를 둘로 쫙 쪼개 버렸다.(2019년 7월)

최건차

* 월간 「한국수필」, 「창조문예」 등단, 수필집 「진실의 입」, 「산을 품다」
외, 한국문협한국수필문학가협회 이사, 수원 샘내교회 담임목사

당신을 사랑합니다

최 의 상

'당신을 사랑합니다.' 팔레놉시스(학명phaelenopsis spp)의 꽃말이다. 꽃의 모양이 나비를 닮아 붙여진 이름이라고 한다. 얇은 진보라 날개를 흔들며 금시라도 하늘로 날아오를 듯한 모습이다.

CO_2를 제거해 주는 공기정화 식물로 침실에 놓여 사랑을 받는 꽃이다. 꽃의 색깔은 다양하겠으나 내 화원의 팔레놉시스는 진자색으로 아름다우면서도 도도해 보이고 귀부인 자태 같기도 하다.

실내 화분용으로 좋아서 선물용으로 많이 사용된다고 한다. 선물할 때 마음속으로 "당신을 사랑합니다."하며 선물을 하면 기쁨이 배가 될 것 같다. 사랑하는 연인에게 선물을 하면서 팔레놉시스의 꽃말을 말해 주고 "당신을 사랑합니다."라고 속삭여 주면 분위기가 더욱 화기애애(和氣靄靄)할 것 같다.

내 팔레놉시스는 버려진 신세였다. 날씨가 싸늘한 11월 어느 날 아파트 현관을 나서는데 화단에 거의 죽을 지경으로 시들어 가는 팔레놉시스를 발견했다. 누가 버렸을까. 날씨가 추워지는데 오늘 밤을 그냥 찬 바닥에서 서리를 맞는다면 죽을 것이라는 생각이 떠오르는 순간 구해야겠다는 결심이 행동으로 나타나 화단으로 들어가 차가운 팔레놉시스를 거두어 집으로 왔다. 우선 잎에 물을 뿌리고 상처 나고 마른 잎을 떼어낸 후 하얀 화분에 곱게 심어주었다. 그리고 며칠 뒤

생기가 나는 듯 녹색 잎이 차츰 진해지고 있었다. 그렇게 세월이 가고 겨울을 보냈다.

봄이 다가오는 어느 날 물을 주다가 팔레놉시스의 두툼한 잎 사이에 꽃대궁이 돋는 것을 발견했다. 두 줄기 꽃대궁이 연하고 가는 것으로 보아 영양이 부족한 것 같았다. 그런대로 두 꽃대는 자라더니 아름다운 꽃을 피웠다.

그 사이에 동백꽃이 화려하게 피었는가 싶었는데 꽃송이가 뭉턱 떨어지고, 난초와 풍란도 피었다가 잠깐 사이에 지고 잎사귀만 남았는데 팔레놉시스는 3월에 피어 5월에 지는가 싶더니 6월에 다시 여섯 꽃대궁이 올라와 꽃을 피우기 시작하여 9월이 지나도록 자태를 보이는가 하면 아직도 봉오리가 두세 개나 남아 있었다. 어쩌면 10월 초순이나 중순까지도 꽃 선물을 할 것 같다.

팔레놉시스는 꽃대 하나에 20여 개가 넘는 꽃을 피우다가 진다. 자주색 꽃봉오리가 마디마다 달리고 꽃대가 40cm 이상 자라면서 꽃은 꽃대 밑에서부터 피어 올라간다. 꽃이 지는 순서 또한 아래서부터 위로 올라가면서 시든다.

한 치의 어김도 없이 피는 순서와 지는 순서가 일정하다. 중간에 먼저 피거나 나중에 지는 것 없이 순서대로 진다. 그와는 반대로 사람은 출생순서대로 사망의 순서가 정해지지 않고 룰이 없다. 인명은 재천이라는 말대로 나이 순서에 상관없이 죽는다.

사람은 태어나 언제 죽을지 아무도 모른 채 살다가 천명대로 가는 것이 인생이다. 팔레놉시스는 개화 순서대로 피었다가 아래에서부터 위로 오르며 시들어 떨어진다.

팔레놉시스는 뒤 아래에서 꽃이 시들어 떨어지는 것을 보며 저도 순서대로 죽어야 한다는 것을 의식하고 죽음을 준비하지 않을까 생각해 본다. 그런데 인간은 어떠한가? 인간은 죽는 순서가 없다. 태어나면서부터 삶의 의무를 짊어지고 온갖 투쟁을 하다가 기약 없이 죽어야 한다는 기정사실만은 알고 산다.

언제 어디서 몇년 몇월 몇일 몇시 몇분 몇초 난 것은 알지만 몇년 며칠날 죽을지는 전혀 모르고 안 죽을 사람처럼 산다. 죽을 날짜를 모르기 때문에 현명한 사람은 유서를 미리 남긴다. 그러나 어떤 특수사건 관계로 자살하는 현명한 사람은 자살하면서 사건의 핵심은 유서로 남기지 않는다. 왜냐 하면 살아 있는 가족에게 해가 돌아올 것을 두려워하기 때문이다.

근래 의문의 자살을 하는 사람들이 그렇다. 그 외는 순간 사고로 죽는 것도 모르고 죽는 사람이 있고 병들어 고통스럽게 죽는 사람도 있고, 하나님 잘 믿고 웃으며 죽는 사람도 있다. 그래서 인간은 불확실한 세상에서 허둥지둥 그렇게 산다.

팔레놉시스 꽃은 자연의 법칙에 잘 순응하는 것 같다. 그런데 인간은 자연법칙에 순응하지 않고 함부로 자연을 파괴하며 살다가 자연의 징벌을 받는다. 금년 어름의 폭염이 바로 그 벌을 받는 것은 아닌가 생각해 보았다.

팔레놉시스는 꽃이 피면 3개월간 아니 3개월 이상을 관상할 수 있다. 날마다 보는 팔레놉시스가 매일 아침 나한테 "당신을 사랑합니다."라고 하는 말을 들을 수 있다. 그래서 나도 "예쁜 너를 사랑한다."라고 말할 기회를 갖는다.

요즈음 내가 살고 있는 이 땅에 상대가 있어도 사랑을 고백하지 못하는 사람들이 반으로 갈라져 서로 사랑한다는 말 대신 원수처럼 되어 가고 있다. 우리 거실에 팔레놉시스 화분을 놓고 꽃말을 상기하며 "당신을 사랑합니다."하고 말해 봄이 어떨까.

　바로 옆 사람한테 "당신을 사랑합니다."라고 말할 수 있는 대상이 있는 사람은 행복하다.

최의상

「서라벌문예원」 시 등단
시집/아름다운 사람이 사는 곳을 향하여
〔공저〕「문학의 뜨락」 6.7.8집
초등학교 교장 정년퇴임

단편소설

정기옥   심혁창

권갈주   현의섭

잃어버린 바다

정 기 옥

저 멀리, 한 아이가 갯벌 위에서 뛰어놀고 있었다.

아이는 손가락으로 갯벌 위에 불가사리 모양을 그렸다. 조개가 몸을 감추고 있는 숨구멍에 작은 조약돌로 네모와 세모도 그었다.

아이는 동그란 눈을 반짝이며 바지락과 소라를 잡느라 정신이 없었다. 눈 깜짝할 사이에 밀물이 몰려왔고 아이는 모래 구덩이에 두 다리가 빠졌다. 밀물이 허리까지 차올랐다. 허우적거릴수록 몸이 꼼짝도 하지 않았다.

물이 이내 머리까지 차오르자, 몸이 떠오르다 가라앉기를 반복했다. 물속은 고요했고 물 밖은 시끄러웠다. 아이는 출렁이는 물 밑으로 서서히 가라앉았다. 바닷가 언덕 위 오래된 해송이 아이의 모습을 굽어보았다.

엄마의 비명이 들렸다. 나는 허공을 향해 손을 휘저으며 눈을 떴다. 전날 야근을 했던 터라 몸이 물먹은 솜처럼 늘어졌다.

"일어나. 일어나봐."

엄마가 나를 흔들었다. 어스름한 새벽을 등진 엄마의 안색이 백지장 같았다. 바싹 야윈 얼굴은 혼이 나가 있었다.

"아빠. 아빠가……"

나는 한달음에 안방으로 뛰어갔다. 침대 위에 누워 있는 아빠 입가로 쿨럭쿨럭 검붉은 피가 흘러나왔다. 아빠는 이불 위에 피를 한가득 쏟고 이내 혼절했다. 비릿한 냄새가 코를 자극했다. 속이 울렁거렸다. 한 손으로 입을 틀어막고 바스러질 것 같은 아빠의 몸을 흔들었다. 복수가 찬 불룩한 배가 앙상한 갈비뼈 위로 출렁였다. 엄마가 소리쳤다.

"119, 119!"

병원에 도착했을 때 아빠의 동공은 풀려 있었다. 급성 식도정맥류 출혈이라고 했다. 응급실 의사의 거듭된 심폐소생술도 소용없었다. 희미하게 남아 있는 생명의 불꽃이 꺼져가는 1분, 심장박동 기계음이 불안정하게 움직이더니 삐 소리를 내며 멈췄다.

창백한 얼굴 위로 말라붙은 눈물 자국이 보였다. 나는 몸을 기울여 아빠의 얼굴을 어루만졌다. 눈앞에서 아빠를 느꼈으나 아빠에게 가닿을 수 없었다. 아빠는 그렇게 한 줌의 빛과 어두움으로, 내 마음 깊숙이 상처로 남았다. 목울음을 삼키며 나는 고개를 떨궜다.

"아빠."

장례식장 창밖으로 비가 내렸다. 나는 빈소에 서서 아빠의 영정을 바라보았다. 머리 위로 천장이 빙 돌았다. 어지러워 눈을 감고 벽에 몸을 기댔다. 한동안 잠잠했던 이석증이 다시 도졌다. 어느새 곁에 다가온 엄마가 구석진 방으로 나를 밀었다.

"잠깐 눈 좀 붙여."

시계 알람을 맞춰놓고 웅크려 누운 채 쪽잠을 잤다. 어딘가로 떠내려가는 꿈을 꾸다가 알람이 울리기 전 눈을 떴다. 부스스한 머리칼을 대충 손가락으로 쓸어 넘기고 문을 열고 나왔다. 아빠의 빈소는 조용하고 한적했다. 아빠의 영정 앞에 무심하게 앉아 있던 언니가 나를 돌아보았다.

"잘 지냈니?"

나는 표정 없이 대꾸했다.

"소식 한번 없더니. 이렇게 만나네."

언니는 결혼하고 몇 년 동안 친정과 연을 끊은 듯 어떤 일에도 무응답이었다.

"맞벌이하고 애 키우느라 정신없었어."

"그래?"

"네가 부모님과 사느라 애썼지."

"입에 발린 소리 그만."

조문 온 손님들이 다 가고 난 시각이었다. 초점 없는 눈으로 아빠의 영정을 바라보며 엄마가 나직이 중얼거렸다.

"저 인간 더 살았으면 내 손으로 목을 졸랐을 거다."

평생 술로 속을 썩이던 인간이 사라져 걱정거리를 덜었다는 덤덤한 말과는 달리 엄마의 눈동자엔 물기가 어렸다. 순간 귀가 윙윙거렸다. 귀에서 파도치는 소리가 들렸다. 작은 모래 알갱이들이 귀에서 떨어지는 것만 같아 검지로 귓속을 후벼 팠다. 나는 양손으로 관자놀이를 꾹꾹 눌렀다.

아빠는 잠자듯 관속에 누워 있었다. 두 손을 가지런히 모은 채 수의를 곱게 입은 아빠를 보고 있노라니 마지막 작별의 시간과 마주하고 있음이 실감이 났다. 술로 세월을 다 보낸 아빠가 불쌍하다는 생각이 잠깐 뇌리를 스쳤다. 눈앞이 뿌옇게 흐려졌다. 문득 바닷가 언덕에 서서 붉은 석양을 바라보며 내 머리를 가만가만 쓰다듬던 아빠의 손길이 떠올랐다. 눈물 한 방울이 뺨을 타고 흘렀다. 엄마는 흐린 눈으로 망자의 얼굴을 내려다보았다. 아빠의 죽음 앞에서 나는 떨리는 손바닥만 비벼댔다.

가족을 힘들게 했던 아빠. 차라리 모든 게 잘 됐다고 생각했다. 하지만 이상하게도 내 마음속 하나의 집이 허물어 내리는 소리가 들렸다. 가족들의 쓸쓸한 인사와 함께 관 뚜껑이 닫혔다. 아빠를 괴롭게 하고 죽음에 이르게 내몬 건 어떤 고통이었을까 생각하며 나는 빈소로 발걸음을 돌렸다.

아빠의 영정 앞에서 언니가 얼굴을 찡그리더니 고개를 가로저었다.

"아빠 생각하면 진절머리가 나."

"왜?"

언니가 눈을 내리깔았다.

"무서웠어. 술에 취한 아빠 모습이 정말 무섭고 싫었어. 어린 시절 기억 모두 다 지우고 싶어."

나도 모르게 표정이 일그러졌다.

"너만 그랬니? 너만 그랬냐고!"

언니가 뚫어져라 나를 바라보았다.

"어느 날 결심했지. 지긋지긋한 집에서 탈출하기로."

추억의 깊은 슬픔을 엄마가 몰아냈다.

"너희들 배고프겠다. 가서 육개장 먹어라."

밖은 여전히 장대비가 내리고 있었다.

붉은 흙 사이로 지렁이가 배를 밀며 기어갔다. 밭둑에 핀 홍매화

나무 위로 봄날의 햇볕이 적당히 내리쬈다. 아빠는 막대기로 지렁이를 걷어 올려 길가로 집어 던지고 밭에 수북하게 자란 억센 풀을 뽑았다. 이내 삽으로 땅을 깊이 파 뒤집고 흙덩이를 잘게 부수고 돌을 골라내며 밭고랑을 만들었다. 엄마는 할머니와 밭일하다가 가끔 아빠 쪽을 멀거니 바라보며 긴 한숨을 토했다. 나는 할머니와 엄마 사이에서 흙장난하며 놀았다.

할머니는 지루한 신세타령을 했다. 집 뒤 울 안 장독대는 비밀금고였다. 할머니가 악착같이 일해 번 돈을 장독 속에 몰래 숨겨놓으면 할아버지는 용케도 알고 가져가 투전판에서 노름으로 날렸다. 어렵게 마련한 전답도 노름빚을 져 팔아먹었다.

가족의 생계는 점점 어려워졌다. 할아버지는 일제 강제노역으로 끌려갔다가 돌아오고부터 성격이 난폭해졌다. 할아버지는 뱀술을 즐겨 마셨다.

틈만 나면 뱀을 잡으러 들로 산으로 다녔다. 할머니는 술병에 들어 있는 뱀을 보면 소름 돋았다. 뱀술을 마시고 난 할아버지 목소리는 우렁찼고 컸다. 집안 식구들뿐 아니라 동네 사람들도 할아버지를 무서워했다.

아빠는 공부해야 사람답게 사는 거라며 저녁에는 동네 사람들을 모아놓고 야학했다. 엄마는 쓸데없는 일로 여겼다. 아빠는 주경야독이라는 말을 벽에 붙여 놓았는데 나는 그 말이 좋았다.

"글공부를 부지런히 하면 좋은 사람이 될 수 있어."

아빠가 저녁에 동네 사람들을 모아놓고 한글을 가르치던 날이었다. 할아버지가 벌컥 문을 열고 들어왔다.

"쓸데없는 짓거리들 하지 말고 다들 집에 가."

할아버지는 상 위에 놓여 있던 공책과 책을 가지고 나가서 마당에 집어 던지고 성냥불을 그었다. 이내 불꽃이 타올랐다. 할아버지의 기세에 눌려 얼굴빛이 하얗게 질린 아빠는 그날로 야학을 중단했다. 몸을 웅크리고 밤새 뒤척이던 아빠는 마음을 고쳐먹은 듯 농사일과 바닷일에 몰두했다.

그런 할아버지도 나에게 심부름을 시킬 때만큼은 자상했다. 할아버지는 감춰둔 보물이라도 주는 것처럼 안방 벽장 속에서 왕사탕 하나를 내 손에 쥐어주며 막걸리 심부름을 시켰다. 나는 왕방울만 한 눈깔사탕을 입에 물고 양은 주전자를 흔들며 가게로 향했다. 가게에 가려면 고갯마루를 넘어야 했다.

언덕 위에는 귀신이 나올 것 같은 으스스한 서낭당이 있었다. 그 앞을 지날 때마다 무섬증이 일어 잰걸음으로 뛰었다. 가게 앞에 도착하면 몸이 온통 땀이었다.

"할아버지 막걸리 심부름하러 왔어요."

가게 주인은 하얀 막걸리를 주전자에 한가득 부어주었다.

"흘리지 말고 잘 가지고 가거라."

집으로 돌아오는 길 서낭당 앞에서 또 뛰었다. 막걸리가 주전자 안에서 출렁거렸다. 뛸 때마다 주전자 입은 하얀 막걸리를 쏟아냈다. 나는 등 뒤에서 누가 잡아당기는 것만 같아 서낭당에서 멀리 벗어날 때까지 넘어질 듯 뛰고 또 뛰었다. 집 대문 앞에 도착해서야 이마의 땀을 닦았다.

한숨을 돌린 뒤 발소리를 죽이며 몰래 부엌으로 살금살금 기어들어 갔다. 찬장에서 밥공기를 꺼내 막걸리를 따라 밥을 말았다. 시큼한 막걸리 냄새와 밥알의 어우러짐이 별미였다. 나는 김치와 막걸리

주전자를 쟁반에 받쳐 할아버지 앞에 내놓았다.

"이놈. 막걸리가 왜 반밖에 안 남았어?"

"서낭당 앞 지날 때 귀신이 쫓아와서 도망치다 엎질렀어요."

아빠는 어린애한테 술심부름을 시킨다며 할아버지를 못 마땅해했다. 하지만 할아버지는 아랑곳하지 않았다.

나는 툇마루에 걸터앉아 비눗방울 놀이를 했다. 집 앞 나뭇가지 위에 새소리가 한가로웠다. 한여름 햇볕은 열기를 더하더니 뙤약볕이 되었다.

연한 살갗이 벌겋게 달아올랐다. 텃밭에서 김을 매고 있는 엄마가 생각났다. 나는 대접에 물을 떴다. 양손으로 물 대접을 잘 들고서 엄마에게 가져갔다. 마침 갈증이 나서 혼났다며 엄마는 흙 묻은 손으로 물을 받아 들고 급하게 들이켰다.

밭에서 돌아온 엄마는 큰 솥에 강낭콩을 넣은 밀개떡을 쪘다. 솥뚜껑 위로 모락모락 김이 올라왔다. 군침이 돌았다. 나는 재빨리 밀개떡 하나를 솥에서 꺼내 양손에 들고 누가 볼세라 한 입 크게 베어 물었다.

다음 날 언니 오빠들이 바다로 우르르 몰려갔다. 나도 뒤쫓아 뛰었다. 집에서 바닷가까지는 어린아이 걸음으로 가까웠다. 오솔길을 가로질러 약간 경사진 언덕을 내려가면 곧장 바다였다. 연분홍 해당화가 피어 있는 언덕을 미끄러지듯 내려갔다. 허리까지 찰랑거리는 밀물이 갯벌 위로 몰려왔고 어느새 바닷물이 모래사장을 뒤덮었다.

모두 바닷물에 뛰어들었다. 나도 물속으로 들어가 땅을 짚고 헤엄을 쳤다. 물장구치며 놀다가 누가 먼저 갯바위에 도착하나 시합하고

진 사람이 심판을 보기로 했다. 가위 바위 보를 했다. 일부러 져준 언니가 앞쪽으로 헤엄쳐 갔다. 언니가 돌아서서 오른손을 위로 올렸다가 내렸다. 수신호에 맞추어 모두 출발했다.

한 떼의 작은 물고기들도 함께 유영하며 따라왔다. 갯바위 쪽으로 연신 헤엄쳐 가던 나는 언니 오빠들을 제치고 앞서 나가려는 마음에 물이 깊어지는 줄도 몰랐다.

물속에서 발뒤꿈치를 들고 섰다. 바닥에 발이 닿지 않았다. 나는 허우적거리며 물 밖으로 머리를 내밀었다. 이내 물속으로 곤두박질쳤다. 귀가 윙윙거렸고 공포감이 몰려왔다.

멀리서 언니 오빠들의 목소리가 아련하게 들렸다 사라졌다. 숨이 막혔다. 그때 커다란 몸이 나를 덮쳤다. 고래일까? 상어일까? 아니면 문어라고 생각하며 나는 정신을 잃었다.

깨어났을 때 나는 아빠 품에 있었다. 아빠는 아이들만 노는 것이 못내 마음에 걸려 우리 뒤를 따라왔다.

그날 저녁 어스름해질 무렵 아빠는 나에게 바다 낙조를 보러 가자고 했다. 서해의 붉은 해가 바닷속으로 풍덩 가라앉는 풍경은 그야말로 장관이었다. 아빠는 다정한 눈빛으로 나를 바라보더니 번쩍 들어 올려 어깨에 목말을 태웠다.

나는 두 손으로 아빠의 목을 부여잡았다. 해가 스며들어 간 바다 위 붉은 노을을 꿈결인 듯 바라보았다. 아빠는 바닷가 언덕 위 커다란 소나무 아래로 나를 데리고 갔다. 아빠는 그날 그렁그렁한 눈으로 구부정한 소나무를 가만가만 쓰다듬었다. 기러기 한 떼가 소나무 위를 빙 돌며 지나갔다.

"이 소나무 아빠가 아주 좋아해."

"나는 해당화가 더 예쁜데."
"그래서 우리 딸도 해당화처럼 예뻐."
"아빠는 소나무가 왜 좋아?"
"소나무와 얘기하면 마음이 밝아지거든."

보름달이 높게 떠 있는 밤이었다. 호롱불을 들고 언니와 살금살금 집을 나섰다. 밤바다는 잔잔했다. 바다는 밀물과 썰물을 번갈아 들이 켜고 있었다. 나는 큰 목장갑을 끼고 컴컴한 돌 아래 숨어있는 꽃게 를 낚아챘다.

꽃게가 손안에서 몸부림쳤다. '아차' 하는 순간 꽃게의 날카로운 발톱에 엄지손가락이 물렸다. 목장갑 위로 피가 흘렀다. 언니가 손수 건을 주머니에서 꺼내어 내 손가락에 친친 감았다. 밤바다의 찰랑거 리는 물결을 뒤로하고 언니와 나는 손을 잡고 갯벌을 나왔다.

제법 쌀쌀한 늦가을 바람이 목덜미를 스쳤다. 물이 다 빠져나간 갯 벌은 살아 숨 쉬는 것들의 천국이었다. 갯벌을 가로질러 바다 쪽으로 걷다 보면 넓은 갯바위가 있었다. 엄마는 머리에 수건을 동여매고 갯 바위에 들러붙은 미역과 파래, 톳, 모자반을 부지런히 뜯었다.

갯바위에는 속살이 탱글탱글한 굴도 몸통을 웅크린 채 다닥다닥 붙어 있었다. 엄마는 조새를 이용해 단단한 껍데기를 벌려 굴을 능숙 한 솜씨로 땄다.

엄마가 생굴을 내 입에 넣어주었다. 나는 바다를 삼키듯 꿀꺽 삼켰 다. 엄마 몸에서 비릿하면서도 상큼한 냄새가 났다.

나는 엄마 옆에서 언니와 함께 작은 삽으로 진흙 구덩이를 팠다. 낙지 한 마리가 동그란 머리를 내밀고 있다가 잡혀 올라왔다. 낙지를 양동이에 집어넣었다. 호미를 들고 물구멍이 송송 뚫려 있는 곳마다 파보면 바닷물을 쭉 내뿜으며 조개가 나왔다. 들고 온 커다란 바가지에 막 캐어낸 싱싱한 조개가 한가득 넘쳤다.

아빠는 김과 파래, 바지락조개, 굴을 따서 손질한 해산물과 생선을 짊어지고 오일장에 가서 팔았다. 아빠의 등은 시린 바닷바람을 견뎌내느라 굽어 있었다.

나는 동구 밖까지 나가 아빠를 기다렸다. 집으로 돌아오는 아빠 손에는 약간 흠집이 있는 빨간 사과가 가득 담긴 검은 봉지가 들려 있었다. 사과는 내가 가장 좋아하는 과일이었다.

"너 주려고 사 왔다."

바다에서 캐온 해산물은 집안 살림을 꾸려나가는 큰 밑천이었다. 아빠는 바다에서 나는 것들과 밭에서 수확한 곡식을 판 돈을 알뜰히 모아 밭뙈기를 조금씩 늘려갔다. 그 밭에 고구마, 콩, 보리, 밀, 강낭콩을 심었다. 아빠는 어둑해질 때까지 밭고랑에 몸을 파묻고 일을 했다.

농촌의 겨울은 농한기였으나 아빠의 겨울은 여전히 바빴다. 겨울의 양식은 바다에서 나는 김이었다. 대나무로 엮은 김 살을 만들어 띄우면 김의 자연 포자가 김 살에 붙어 자랐다. 나도 아빠를 도와 겨우내 김을 만들었다. 일을 마친 후 나는 처마 밑에 달린 커다란 고드름을 따서 아삭아삭 깨물었다. 어디선가 새 한 마리가 날아와 녹고 있는 고드름에서 떨어지는 물 한 방울에 목을 축였다.

집 담장 너머엔 대나무 숲이 있었다. 그 밤 대나무에 부딪히는 바람 소리가 마치 소박맞은 여인네가 우는 울음소리 같았다. 대나무 결을 스치는 바람 소리가 무섭게 느껴졌다. 할머니는 천식을 오래 앓았다. 시름시름 앓던 할머니는 자리보전했다. 할머니는 숨을 쉴 때마다 야윈 어깨를 들썩이며 쌕쌕거렸고, 간간이 목 안에서 끓는 가래를 휴지에 내뱉었다.

할머니 곁에는 가래를 뱉은 휴지가 수북했다. 할아버지는 냄새나는 할머니 옆에서 자기 싫어 멀찌감치 떨어진 벽 쪽으로 몸을 돌리고 잤다. 어느 아침 잠자리에서 일어난 할아버지는 미동도 없이 누워 있는 할머니에게 해가 중천에 떴다고 소리를 질렀다. 할머니는 조용했다.

"아비야. 얼른 와봐라. 네 엄마가 이상하다."

뒷동산에 연분홍 진달래가 흐드러지게 피어나던 봄날에 할머니는 양지바른 산 중턱에 묻혔다.

할머니의 죽음 이후 엄마는 일요일이면 성경책과 찬송가를 빨래통에 몰래 숨겨서 이웃 마을에 있는 교회로 향했다. 그러다 한번은 할아버지한테 들켜서 머리채를 잡혔다.

"이젠 네년 손에 제삿밥도 못 얻어먹겠구나."

아빠는 할아버지의 손에서 엄마를 겨우 떼어 놓았다. 아빠는 이러지도 저러지도 못하는 표정을 짓고 있다가 대문을 박차고 나가버렸다.

동네에는 당산제를 지내는 커다란 고목이 있었다. 해마다 마을의 안녕과 복을 기원하는 굿판이 벌어졌다. 꽹과리와 징 소리가 요란했다. 고목은 몸통 안이 다 썩어 있었는데 사람들이 하도 빌어서 그렇다고 했다. 할아버지는 당산제를 지낼 때마다 엄마가 정성을 들이지 않는다고 타박했다. 며느리가 잘못 들어와 집안에 망조가 들었다고 한탄했다. 할아버지는 엄마를 향해 눈을 부릅떴으나 그 기세나 태도가 할머니가 살아있을 때와 달리 힘이 없었다.

할아버지는 집안에 자기편이 없다고 한숨을 내쉬었다. 당당했던 낯빛에 그늘이 지고 어깨가 늘어졌다. 할아버지는 다리를 절뚝이며 뱀을 잡으러 다녔다. 뱀을 잡아 소주병에 담글 때마다 엄마는 집안이 뱀 소굴이 될까 무서워했다. 할아버지가 뱀처럼 보인다며 몸서리를 쳤다.

어느 날이었다. 작은 키의 못생긴 아저씨가 우리 집에 나타났다. 아저씨는 다짜고짜 외양간에 있는 소를 끌고 나가는 것이 아닌가? 아빠는 왜 남의 집 소를 허락도 없이 가져가느냐고 버럭 화를 냈다. 아저씨는 아랑곳하지 않았다.

"자네 아버지가 노름빚으로 나에게 소를 잡혔어. 억울하면 물어봐. 난 정당한 권리를 행사하는 거야."

아빠는 그날 처음으로 할아버지에게 대들었다. 아빠는 두 주먹을 불끈 쥐고 할아버지를 노려보았다.

"어머니 생전에도 그렇게 전답을 다 팔아먹더니 여태 정신을 못 차려요."

"이놈의 자식이 제 엄마 죽고 나니 이제 대놓고 아비를 괄시하네."

할아버지는 들고 있던 지팡이로 아빠의 등을 후려쳤다. 엄마가 아빠의 손을 잡아끌었다. 할아버지가 살기 어린 눈으로 엄마를 노려보았다.

"시어미 죽고 나니 며느리 년까지 나를 우습게 여기는구나. 이년."

엄마가 할아버지의 지팡이를 빼앗았다, 할아버지는 아빠를 다시 노려보았다.

"마누라 치마폭에 싸여 이젠 둘이 똑같이 아비를 위협하는구나. 원통하다."

"가당치도 않아요. 아버지가 하시는 행동을 보라고요."

할아버지는 허공을 향해 팔을 치켜들며 가쁜 숨을 쉬었다.

"내가 죽어야 네 놈 속이 후련하지."

"그게 소원이면 그렇게 하세요."

할아버지는 그 밤 스스로 목숨을 끊었다. 다음 날 아침 아빠는 인기척이 없는 할아버지의 방문을 당겼다. 문은 안에서 잠겨 있었다. 문을 부수고 들어갔다. 할아버지는 끔찍한 고통을 내뱉지 않으려 참았는지 입을 앙다물고 가슴을 부여잡은 채 이불 위에 쓰러져 있었다. 곁에는 제초제 병이 있었다. 아빠는 머리를 감싸 쥐고 자리에 주저앉았다.

"끝까지 이렇게 복수를 하시네요. 내가 뭘 어쨌다고요."

경찰이 다녀갔고 이것, 저것 물었다. 아빠의 창백한 얼굴에 먹물 같은 그늘이 드리워졌다.

할아버지의 장례 후 말이 없어진 아빠는 캄캄한 밤이면 잠을 자다 말고 일어나 마당을 서성였다. 혼자 무슨 말인가 중얼거리는 모습이 아슬아슬해 보였다. 희뿌옇게 가라앉은 공기 속으로 아빠를 놓칠 거 같아 나는 졸린 눈을 비비며 마루에 앉아 아빠를 지켜보았다.

아빠는 저녁이면 사라졌다. 깊은 밤 적막을 뚫고 컹컹 짖어대는 개 소리가 요란했다. 거나하게 취한 아빠가 동네가 떠나가라 소리를 지르며 집 대문을 발로 걷어찼다. 그러다가 담벼락 밑에 벌렁 누웠다. 엄마는 아빠의 커다란 몸을 끌어다 방에 눕혔다. 다음 날 담벼락 밑을 살펴보면 노란 민들레꽃이 짓이겨져 있었다.

어느 늦은 밤, 아빠는 기분이 좋은 듯 두 팔을 벌려 덩실덩실 춤을 추며 마당으로 들어섰다. 엄마는 이미 닦은 마루를 또 닦고 있었다. 아빠는 취기가 더 오르는지 몸을 가누지 못하고 마루에 대자로 누웠다. 엄마가 아빠 옆구리를 손으로 툭툭 치며 방으로 들어가라고 손짓했다. 담장 너머 대나무 숲에서 대나무 바람 소리가 쉭쉭 소리를 내고 있었다. 아빠가 감았던 눈을 떴다.

"저놈의 바람 소리. 저 대나무 바람 소리만 들으면 미칠 것 같단 말이지."

아빠는 별안간 엄마 머리채를 잡더니 벽에 쿵쿵 찧었다. 아빠 눈빛이 광인처럼 빛났다.

"너 때문이야. 너 때문에 어머니도 죽고 아버지도 죽었어. 너에게 마가 낀 게지."

엄마의 날카로운 비명을 들으며 나는 빨리 어른이 되고 싶었다. 힘이 세어지는 날 내 손으로 아빠를 죽이고 말 거야. 잠에서 깬 언니와 나는 눈을 뜨고 싶었지만, 공포에 질려 머리끝까지 이불을 뒤집어썼다. 성큼성큼 이쪽으로 걸어오는 아빠의 발소리가 들렸다. 언니와 나는 이불 속에서 숨을 죽였다. 아빠가 이불을 확 걷어챘다.

"아빠 왔는데. 안 일어나고 뭐 해!"

술 냄새가 역했다. 아빠가 언니를 일으켜 세웠다. 언니는 몸을 덜덜 떨었다.

"넌 커서 뭐가 될래? 잘하는 것도 없는 것이 이제 아빠 주머니에서 돈까지 훔쳐 가."

아빠는 알고 있었다. 언니는 아빠가 술에 취해서 잠들 때를 기다렸고 벗어놓은 아빠의 바지 주머니를 슬그머니 뒤졌다. 그 돈으로 과자를 사 먹었다. 나는 모른 척했다. 아빠는 매일 술을 먹었고 언니는 날마다 아빠의 바지 주머니를 뒤졌다.

힘센 두 손이 잠든 척 누워 있는 내 어깨를 움켜쥐었다. 아빠가 나를 무섭게 노려보았다. 평소의 온화한 눈빛이 아니었다. 심장이 튀어나올 것 같았다. 공포감에 맥이 탁 풀렸다. 일어서서 언니 옆에 몸을 붙였다. 언니의 뺨을 때리는 아빠의 손을 멍하니 보고 있는데 눈앞에서 불이 번쩍했다. 커다란 손이 뺨에 닿는 순간 나는 앞으로 고꾸라졌다. 온 사방이 까만 밤이었다.

"아빠."

그 손은 물속에서 죽어가던 나를 건져 올린 손이었다. 손자국이 지나간 뺨이 불덩이 같았다. 몸이 떨렸고 구토가 났다. 마음이 부서지는 소리가 들렸다. 거대한 암흑 속으로 아련하게 멀어져가는 아빠의 손을 그때 나는 놓아버렸다.

아침에 눈을 떴을 때 엄마가 보이지 않았다. 집안은 적막했다. 언니도 보이지 않았다. 마음이 콩닥거렸다. 나는 바닷가를 향해 넘어질 듯 뛰어갔다. 언덕 위에 다다랐을 때 미풍이 불었다. 갯벌은 밀물에 잠겨있었다. 푸르른 물결이 바람에 흔들렸다.

멀리 고깃배 한 척이 바닷물을 가르며 한가로이 지나갔다. 갈매기 무리가 햇살 사이로 날갯짓했다. 그 사이로 엄마가 파도의 일렁임에 몸을 맡기며 언니의 손을 잡고 서 있었다. 엄마가 증발해 버릴 것 같은 두려움이 몰려왔다. 출렁이는 물살을 손으로 밀며 엄마에게 달려갔다.

엄마를 부르자 엄마가 나를 돌아보았다. 초점 없는 눈동자에 깊은 슬픔이 보였다. 엄마의 팔을 잡아당겼다.

"엄마, 집에 가자."

엄마를 끌어안았다. 엄마는 문득 정신이 돌아온 듯 언니와 내 손을 잡고 물속에서 천천히 나왔다.

술에서 깨어난 아빠는 미안하다고 했다. 아빠는 퍼렇게 부어오른 엄마의 눈을 보더니 얼음을 가져다주었다. 엄마는 질색했다. 언니는 아빠가 다가오자 달아났다. 아빠는 내 뺨에 자기 뺨을 대고 '술이 원수'라고 했다. 나는 아빠의 모순된 행동에 몸서리쳤다.

엄마는 자주 편두통에 시달렸다. 그때마다 눈앞에 환영이 보인다고 했다. 죽은 할머니, 할아버지가 엄마의 몸을 사슬로 친친 동여맨다고 했다. 엄마는 자주 앓아누웠다. 신열이 났다. 엄마는 허공을 향해 큰 소리를 내질렀다.

엄마의 정신이 들어왔다 나갔다 했다. 이상한 목소리가 엄마의 입에서 나왔다. 할머니 목소리같이 가느다랗기도 했다가 할아버지 호령 소리같이 크고 우렁찬 소리가 집안을 울렸다.

동네 사람들은 엄마에게 귀신이 들렸다며 수군거렸다. 엄마의 병이 깊어지자, 아빠가 엄마에게 빌었다. 술을 먹지 않겠다고 했다. 엄마가 제정신으로 돌아올 때까지 아빠는 몇 달 동안 술을 입에 대지 않았다. 식은땀을 흘리며 밤마다 몸서리를 치던 엄마는 서너 달 후 정신이 돌아왔다.

갯바위는 여전히 엄마를 기다리고 있었다. 엄마는 힘이 세진 거인처럼 온몸으로 차가운 갯바람을 맞았다. 엄마는 갯바위에 올라서서 묵묵히 굴을 땄다. 엄마는 수건을 두른 머리를 좌우로 흔들며 한 번씩 진저리를 쳤다. 굴을 찍어내는 손놀림이 빨라졌다. 썰물이 나간

자리에 드러나 있던 갯바위는 금세 밀물이 몰려오자 조금씩 잠겼다.

바닷물이 엄마의 무릎까지 차올랐다. 엄마는 굴을 담은 그릇을 챙겨 바다 위를 성큼성큼 걸어 나왔다. 엄마의 등 뒤로 쪽빛 바다가 파노라마처럼 펼쳐졌다. 바다의 짠맛은 엄마 입속으로 파고들어 오장육부를 절였다.

아빠는 한동안 술을 마시지 않았다. 순한 모습이 오히려 낯설었다. 아빠는 저녁 무렵 내 손을 잡고 노을 지는 바다로 향했다. 바람 부는 언덕 위에 서서 무심하게 지는 해를 바라보는 아빠 눈에 눈물이 고였다.

"아빠. 울어요?"

"네 언니는 아빠만 보면 멀리멀리 도망을 가버리니. 네 엄마도 벌레 보듯 피하고."

"언니도 엄마도 불쌍해요."

"모든 것이 허무해."

"저기 붉은 해 보세요. 물속으로 천천히 들어가고 있어요."

"지는 해를 보면 마음이 쓸쓸해져."

붉은 노을이 하늘을 물들이다 바닷속으로 사라지자, 아빠는 지난번처럼 바닷가 언덕 비스듬히 서 있는 소나무 아래로 나를 데리고 갔다. 한동안 물끄러미 서서 소나무를 가만히 쓰다듬던 아빠가 말했다.

"이 소나무는 아빠에게 특별하단다."

다음날 아빠는 집에서 큰 삽을 꺼냈다. 아빠는 나를 따로 부르더니 바닷가 언덕에 가자고 했다.

바람이 불었다. 그날은 파도치는 소리가 유난히 컸다. 아빠는 소나무 근처로 묵묵히 걸어갔다. 삽을 들고 소나무 뒤쪽 땅을 팠다. 아빠의 이마 위로 굵은 땀이 맺혔다. 1미터쯤 흙을 팠을 때였다. 구덩이 밑에 겹겹이 비닐에 싸인 푸른색 보자기가 보였다. 아빠는 흙 속에서 귀한 보물을 꺼내듯 보자기를 끌어 올렸다. 아빠는 호주머니에서 작은 가위를 꺼냈다. 조심스럽게 비닐 귀퉁이를 잘랐다. 비닐을 뜯자 누렇게 빛바랜 한글 책이 나왔다. 책은 우리말 우리글 책이었다.

"학교에 가고 싶다고 매일 할머니를 졸랐어. 할머니가 책을 사주었는데 할아버지가 불쏘시개로 태워버렸지."

"나쁘다."

"할아버지가 책을 다 없애기 전에 여기에 묻어 두었지."

나는 무언가 더 말하고 싶었지만, 아빠가 너무도 슬픈 얼굴을 하고 있어서 아무 소리도 하지 않았다. 아빠는 점점 마음의 병이 깊어졌다. 몸과 정신이 나약해지고 있는 아빠 얼굴에 검은 비가 내렸다. 아빠가 이해할 수 없는 말을 중얼거렸다.

"어린 시절부터 지금까지 슬펐어."

술을 끊겠다는 약속은 지켜지지 않았다. 아빠 곁에는 언제나 소주병이 있었다. 침묵 속에 웅크리고 앉아 술을 들이켜는 아빠의 얼굴이 점점 더 까매졌다. 엄마가 술병을 빼앗으며 말했다.

"당신. 가족들과 약속했잖아요."

"마셔야 숨이 쉬어져."

엄마가 미간을 깊게 찌푸렸다.

"거짓말이었어요?"

"가슴에 구멍이 났어. 술을 마시면 구멍이 메워지거든."

아빠가 붉게 물든 눈으로 초점 없이 말했다.

"그냥 푹 자고 싶어. 그동안 너무 힘들었어."

아빠는 생의 마지막 몇 주 동안 밥을 한 술도 뜨지 않았다. 식탁 위엔 술과 김치 몇 조각이 전부였다. 아빠에게 당한 아픔을 고스란히 갚아 주고 싶었다. 나는 깨어지고 흐트러진 마음 조각들을 빈구석에 모았다. 누구도 들어올 수 없도록 마음의 장벽을 쌓았다. 술에 취한 아빠를 무심히 외면하는 일에 점점 단련되었다. 하지만 내가 앙갚음을 하기도 전에 아빠는 소멸했다. 찌르는 가시의 아픔으로 함께했던 시간이 기억의 저편으로 하나, 둘 사라져갔다.

아빠의 장례식 이후 나는 고향 바다로 차를 몰았다. 바닷가 언덕에 섰다. 해풍에 기울어진 소나무가 언덕 위에 쓰러질 듯 위태로이 서 있었다. 아빠가 좋아했던 소나무였다. 바다에서 불어오는 모질고 매서운 바람을 견디며 그 자리를 지키고 있는 소나무를 보고 있으니 먹먹한 감정이 가슴을 훑고 지나갔다.

어릴 적 아빠와 손잡고 바라보았던 붉은 노을이 수평선 너머에 걸려 있었다. 가장의 무게를 버텨내다 인생의 무게에 무너져 내린 허약한 아빠의 그림자가 지는 해 속에 서 있었다. 아빠를 망각하고 싶은데, 혼자 고독해 보였던 모습조차 잊을 자신이 없었다. 나는 그림자가 사라질 때까지 가만히 노을을 바라보았다. 나는 비로소 아빠를 부를 수 있었다.

"아빠."

언덕을 내려와 모래사장을 지나 갯벌로 향했다. 신발을 벗고 갯벌 위에 섰다. 발가락 사이가 간지러웠다. 발바닥에 깃털같이 부드러운 진흙의 감촉을 느꼈다. 허리를 구부리고 작은 돌을 뒤집었다. 돌 밑에 숨어 있는 고동을 주웠다. 손바닥에 고동을 올려놓고 가만히 응시

했다. 물속에 빠져 허우적거릴 때 나를 건져 올렸던 아빠의 손이 고동을 집어 든 내 손 위로 포개졌다. 나는 아빠를 사랑하게 될까 봐 무서웠다.

사랑이란 슬프고도 모순된 감정이었다.

저 멀리 아주 작은 아이가 갯벌 위에서 뛰어놀고 있었다. 변함없이 밀물과 썰물의 순환으로 생명을 내어주는 자연 한 바다는 여전히 거기에 있었다.

정기옥

유튜브 '책 먹는 즐거움 정기옥 작가' 채널 운영
칼빈대학교 복지상담대학원 인문학 전공(석·박사 통합 과정 중)
2018년 계간지 「크리스천 문학 나무」 신인 작품상 소설 『돌을 든 여인』 당선
2022 소설집 『쉼 카페』 출간
2023 제87회 한국 인터넷 문학상 수상
2023 제32회 경기도 문학상 소설 부문 우수상 수상
E-mail : jwoman11@hanmail.net
주소 경기도 여주시 가남읍 삼군2길 18
전화번호 010-4909-6044

인간 보링(boring)

심 혁 창

효자 삼형제

누구라도 알 만한 국내 재벌회사 가운데 하나인 정수물산의 아들 삼형제가 모여 회의를 했다.

큰아들이 먼저 말했다.

"아버지가 오래 사셔야 하는데 문제다."

둘째도 걱정을 했다.

"그래요 형님, 아버지가 오래 사셔야 합니다."

셋째도 말했다.

"그런데 아버지가 치매인 것 같아요. 며칠 전에 하셨던 일 생각나시지요?"

그 사정은 이렇다. 아버지가 큰아들을 불러놓고 소리쳤다.

"너, 주식 팔아서 어쨌어?"

"아버지, 무슨 말씀이세요? 주식을 팔다니요?"

"그럼 너 말고 누가 있어? 네 동생들은 다 외국에 살고 있고."

그리고 엉뚱한 말을 했다.

"내가 열흘 전에 미국 갔다 왔잖으냐?"

"아버지, 언제 미국을 가셨다는 겁니까? 다리 관절로 친구분들도 만나러 나가시지 못하셨는데 미국을 가시다니요."

"내가 미국서 우리 회사 제품 소개를 하고 백만 불 주문을 받아다 주었는데 어쨌니?"

"아버지, 그때가 언제인데 그러십니까. 아버지, 40년 전에 그러셨지요."

"넌 내가 정신이 없는 줄 아는 거냐?"

아버지는 노기를 띠고 호통을 쳤다.

"넌 귀를 먹었어! 네 동생 오라고 해."

"네. 아버지."

큰아들은 허겁지겁 나가서 둘째를 불렀다.

"둘째야, 아버지가 부르신다. 빨리 가 봐라."

둘째아들이 회장실에 들어서자 물었다.

"넌 왜 왔느냐?"

"아버지가 부르신다고 해서 왔습니다."

"넌 참 오랜만에 보는구나. 그 동안 어디 갔다 온 게냐?"

"네?"

"네 처도 잘 있고?"

"네에?"

아버지는 정말 이상했다.

"왜 그렇게 놀라느냐. 넌 아직도 미국에 있다가 온 거냐?"

"네에? 아버지 무슨 말씀을 하시는 거예요?"

"그 동안 잘 지내다 왔느냐고 물었다."

그러더니 또 딴 소리를 했다.

“어제 먹던 맥주 가져오너라.”

“아버지가 언제 맥주를……?”

“그만 둬라. 네 동생 오라고 해. 걔는 알고 있어.”

“동생이 뭘 안다는 거예요?”

“나가서 동생 오라고 해. 넌 나하고 코드가 안 맞아.”

둘째아들은 고개를 갸웃거리며 물러나 동생을 불렀다.

“아버지가 부르신다. 들어가 보아라. 언제 아버지가 회장실에서 맥
주를 마셨었나?”

셋째아들이 이상하다는 듯 되물었다.

“형님, 그게 무슨 말씀이세요?”

셋째가 들어서자 아버지가 물었다.

“넌 누구냐?”

“아버지 셋째아들이잖아요.”

“응, 그런 것 같다. 너 어제 내가 마시다 둔 술병 어디가 감추었느
냐?”

“네?”

“술 마실 때 옆에서 따라주던 아이는 어디 간 거냐? 그 애, 참하고
예뻐서 내 맘에 들었다.”

셋째는 놀라서 눈을 크게 떴다.

“네?”

“왜 그런 눈으로 보는 게야? 그 애 불러오너라.”

“아버지 무슨 말씀을 하시는 거예요?”

“뭐라고? 내가 너한테 내 지갑 어디 있느냐고 물었다. 어디다 숨겼
느냐?”

“아버지, 왜 이러세요?”

아버지가 이상해진 것을 느낀 아들 삼형제가 비밀회의를 했다.

첫째가 말했다.

“아버지가 아무래도 이상하시다. 안 그러냐?”

둘째도 같은 말을 했다.

“정말 이상해요. 예전의 아버지가 아닌 것 같아요.”

셋째가 핵심을 찌르는 말을 했다.

“아버지 치매예요 치매.”

두 형들이 이구동성으로 받았다.

“치매라고?”

“치매가 아니면 그럴 수가 없어요. 금방 하시도고 엉뚱한 소리를 하시기도 하고 비서를 불러오라고 하시고…….”

막내가 또 입을 열었다.

“아버지 뇌를 바꾸어 놓아야 할 거예요.”

두 형들이 놀라 물었다.

“뭐? 뭐라고?”

“왜 그렇게 놀라세요. 지금은 의술이 발달해서 뇌도 보링할 수 있다고요.”

두 형이 또 놀란 소리를 질렀다.

“보링? 보링이라고?”

“형님들 아직도 그렇게 머리가 안 돌아가세요. 지금은 교통사고로 몸은 죽은 상태인데 뇌가 살아 있는 환자들이 병원마다 있어요.”

둘째가 물었습니다.

“그래서?”

"내가 잘 아는 병원에 가면 알 수 있어요. 몸을 치료할 수 없어서 죽을 수밖에 없는데 뇌는 살아 있는 아이의 뇌를 구하여 아버지한테 이식수술을 하여 드리면 될 거예요."

"그게 가능하냐?"

"알아보면 가능할 거예요. 날마다 교통사고로 죽는 사람이 발생하니까요. 아버지한테는 어른 뇌를 이식하면 성욕이 왕성해서 무슨 사고를 치실지 몰라요. 그래서 말인데요, 어린이 두뇌를 구하여 이식하면……."

첫째가 신중히 말했습니다.

"그건 안 될 말이다. 어떻게 두뇌 이식을 한다는 거냐?"

"형님, 생각해 보세요. 아버지가 관절염으로 절름거리시다가 청년처럼 된 것이나 내장을 보링해서 건강해지신 게 다 의술 때문이 아닌가요. 내가 잘 아는 병원에 부탁하여 죽게 된 어린이 뇌를 구하여 보라고 해 볼게요."

두 형들은 대책이 없으므로 이렇게 말했다.

"매우 조심스런 일이지만 어떻게 하겠느냐. 네가 좀 알아봐다오."

그렇게 하여 젊고 시대감각이 뛰어난 막내가 친구 의사를 만나 자기 사정을 이야기했다. 대기업의 총수인 어른이 그렇게 되었다는 말에 의사 친구가 여기저기 수소문하여 교통사고로 죽게 된 어린이가 있다는 것을 알아냈다.

그리고 비밀리에 치매에 걸린 회장의 뇌에 어린이의 뇌를 이식하였다. 늙어서 기능이 떨어진 회장의 뇌에 젊은 기능의 뇌를 이식시킴으로써 큰 변화가 생겼다.

회장이 아침부터 저녁까지는 젊고 활발하게 일하고 새로운 아이디

어를 날마다 내놓았다. 덕분에 사업이 날로 발전했다. 그런데 문제가
발생했다.

아버지가 아기노릇

아버지가 날마다 오후 여섯 시만 되면 이상하게 어린이로 변하여
이상한 짓을 하기 시작했다.

비서가 결재서류를 가지고 회장실로 들어가자 회장이 어린애처럼
물었다.

"누나는 누구예요?"

"예?"

"누나, 나 알아요?"

"회장님, 왜 갑자기 안 하시던 농담을 하세요?"

"누나, 나 집에 가고 싶어."

"그러세요. 서류 결재하시고 퇴근하세요."

"누나, 나 싫어?"

"회장님, 잠깐만요."

비서가 첫째아들한테 달려갔다.

"사장님, 회장실에 가보세요."

"왜, 뭐 잘못된 일이라도 있나요?"

"그게 아니고요……."

첫째아들이 회장실로 들어서자 아들을 멍하니 바라보다가 이상한
소리를 했다.

"아저씨, 여기가 어딘가요?"

"네?"

"아저씨, 나 집에 가고 싶어."

"아버님, 왜 이러세요?"

"아저씨, 나하고 농담하시면 안 되어요. 내가 아버지라고요?"

아들은 어이가 없어서 눈길을 돌리고 대답했다.

"네, 아버지."

아버지가 어린애 소리를 했다.

"나 집에 가고 싶어요."

"알았습니다."

아들은 이상해진 아버지를 집으로 모셨다. 어린애처럼 된 회장이 주방에다 대고 말했다.

"나 밥 줘. 배고파!"

부인이 나와서 물었다.

"지금 뭐라고 하셨수?"

"아줌마, 나 배고파."

"뭐요? 아줌마라고요?"

"아줌마는 누구야?"

부인이 웃으며 대답했다.

"알았어요. 당신이 어린애 짓도 하고 귀엽게 농담도 잘 하시우."

"아줌마, 나 농담하는 거 아니야요."

"호호호, 안 어울려요. 덩치는 황소만하시면서 그렇게 말하면 안 어울려요. 농담 그만 하시우,"

"농담 아니에요, 아줌마."

"누가 그런다고 속을 줄 아시우? 평생 농담하는 걸 못 보았는데 이 제 건강해지시니까 농담까지 하시는구려. 경사야 경사!"

“아줌마, 밥이나 줘.”

“기다려요. 오늘은 재미있는 농담을 해주시었으니까 더 맛있는 거 많이 해 드릴게 잠깐만 기다리시오 아기씨!”

아내는 아주 재미있어 하면서 주방으로 들어갔다.

그 사이에 회장은 집을 나와 마을버스를 타고 산동네로 올라갔다.

차에서 내려 계단을 부지런히 올라 허술한 집 대문을 열고 들어서며 소리쳤다.

“엄마, 나 왔어.”

방문이 열리고 젊은 부인이 내다보았다.

“누구세요?”

“나야 엄마.”

부인이 놀라 문을 급히 닫으며 대답했다.

“잘못 오셨어요. 다른 데나 가보세요.”

“엄마, 내가 어디로 가?”

부인은 이상한 영감이 와서 엄마라고 부르자 미친 사람이든지 아니면 사기꾼이 온 것이라고 생각하고 못 들은 체했다. 그리고 엄마라는 소리에 귀를 막았다. 그래도 여전히 그 소리가 들렸다.

“엄마, 나야 나라고. 나 박남수야. 엄마!”

부인이 놀라 다시 문을 열고 내다보았다.

“뭐라고요? 박남수라고요?”

“엄마, 왜 이래? 나 엄마 아들 남수라고.”

“남수라면…….”

“엄마, 나 놀리려고 그러는 거지? 거짓말 하지 마!”

부인이 정신이 혼란해졌다. 교통사고로 죽은 아들 이름을 부르는 소리에 가슴이 뛰고 그 동안 참고 있던 아들 생각에 눈물이 났다.

저 영감이 어떻게 우리 아들 이름을 알고 있을까. 혹시 교통사고를 냈던 그 뺑소니차 운전사가 아닐까? 그렇다면 더 보기 싫은 사람이다. 그래서 단호히 말했다.

"남의 집에 와서 이러지 말고 가세요."

"엄마, 왜 이래? 여기가 우리 집인데 남의 집이라고?"

"그래도. 못 알아들었어요? 우리 아들 박남수는 죽은 지가 일 년이 넘었어요. 이 세상 사람이 아니라고요."

"엄마, 내가 왜 죽었다는 거야. 난 죽지 않았어."

"몰라요. 대답하기 싫어요. 빨리 나가요."

말과 동시에 방문을 쾅하고 닫고 걸어 잠갔다. 밖에서 물러가지 않고 하는 소리가 계속되었다.

"엄마, 내가 그렇게 미워?"

부인은 문 밖을 향해 쌀쌀맞게 대답했다.

"다시는 엄마라고 부르지도 마세요."

"엄마, 엄마, 나 배고파."

"별꼴이야, 남의 아픈 가슴에 못질을 하면서 무슨 소리예요. 그렇게 배가 고프면 다른 집에 가 보세요."

회장은 닫힌 문 문고리를 잡아당기며 소리쳤다.

"엄마, 문 열어. 나 들어갈 거야."

"……."

"엄마, 왜 이러는 거야?"

"……."

"엄마, 나 외갓집으로 가도 좋아?"

“······.”

“엄마, 나 민수네 집에 가서 밥 얻어먹어도 좋아?”

아무래도 이상한 생각이 든 부인이 물었다.

“외갓집이 어딘데요?”

“남촌동.”

“남촌동 어디지요?”

“금마 아파트 3층 3호.”

부인이 다시 더 물었다.

“민수가 누구지요?”

“엄마, 왜 자꾸 물어. 민수는 민자 누나 동생이잖아?”

부인이 문을 열고 나와서 물었다.

“누구신데 우리 집 사정을 그렇게 잘 아시나요?”

“엄마, 작년 가을에 보라매공원에 놀러 갔다가 감 따먹고 관리인한테······.”

부인은 더 이상 아무 생각도 나지 않았다. 아들을 너무 생각하다가 환상을 보고 있는 것인지 꿈을 꾸는 것인지 정신이 없었다. 그래서 물었다.

“어른님은 사람인가요? 개인가요?”

“엄마, 내가 사람이지 강아지야? 강아지는 지난번 교통사고로 죽었잖아.”

“어떻게 그런 것까지 아시지요?”

“엄마, 나 병원에 갔을 때 빨리 일어나라고 날마다 울었잖아.”

“뭐, 뭐라고요?”

부인은 이 어른이 정말 아들인 것 같기도 하고 아닌 것 같기도 하여 방문을 열고 말했다.

"내가 정신이 내 정신이 아니에요. 그렇게 배가 고프시다니 나 먹는 대로 차려 드릴게요."

회장이 방으로 들어서며 말했다.

"엄마, 고마워. 나 배고파 죽을 뻔했어."

부인이 상을 차려 들고 들어서자 방안을 두리번거리던 회장이 벽에 걸린 사진을 보고 말했다.

"엄마, 아빠 사진은 있는데 내 사진은 왜 없어?"

"네?!"

부인은 놀라 팔다리가 후들거렸다.

"어른님. 어른님은 누구십니까?"

"엄마, 나 박남수야. 내가 왜 어른이라는 거야?"

부인은 기가 막혀서 돌아앉았다. 그 사이에 회장은 밥을 맛있게 먹으면서 말했다.

"엄마가 만든 이 무장아찌는 참 맛있어."

부인은 점점 꿈을 꾸는 것 같았다.

"어른님이 그런 맛을 어떻게 아시나요?"

"엄마, 이제 농담하지 마. 내가 무슨 어른이냐고. 난 엄마가 얘 남수야 하고 부를 때가 좋아."

부인은 점점 몽롱해졌다.

"어떻게 그런 것도 아시나요?"

"내가 모르는 게 어디 있어. 우리 집인데."

부인은 식사가 끝나자 설거지까지 끝난 다음 말했다.

"어른님, 이제 돌아가세요. 밤이 늦었어요."

"엄마, 나 보고 어딜 가라는 거야. 오늘밤은 엄마 젖 만지고 잘 거야."

부인은 깜짝 놀랐다.

"무슨 말씀을 그렇게 하시나요? 망측스럽게."

"엄마, 오늘은 젖 만지고 자고 싶어."

부인은 충격을 받아 옆방으로 들어가 문을 잠갔다. 회장이 따라 들어가려다가 어쩔 수 없이 그 자리에 누워 쿨쿨 잠이 들었다.

겉 어른 속 아이

이튿날 날이 밝자 본래의 모습으로 돌아온 회장은 허둥지둥 인사도 없이 대문을 나섰다. 그리고 동네를 둘러보며 중얼거렸다.

"온 동네가 판자촌이로구나. 내가 왜 이 집에 와서 잤지? 내가 왜왜?"

회장이 멀쩡한 사람으로 출근하여 회장실로 들어갔을 때 회장 부인과 아들 삼형제는 밀실에 모여 이야기를 하고 있었다.

첫째아들이 물었다.

"어머니, 웬 일로 이렇게 일찍 나오셨어요?"

"너희 아버지가 하도 이상해서 왔다."

둘째아들이 물었다.

"어머니, 무엇이 이상했어요?"

"너희 아버지가 생전 안 하시던 농담을 하시더니……."

셋째아들이 어머니 말을 끊었다.

"엄마, 아버지가 우리 아버지 같지 않았지?"

"글쎄다. 너는 뭐 아는 거 있니?"

"아버지가 건강해지시더니 여직원들한테 엉뚱한 짓도 하시고……."

"그게 무슨 말이냐?"

첫째아들이 아우의 대답을 서둘러 막았다.

"아무것도 아니에요."

둘째가 다른 말을 했다.

"아버지가 나를 보고 아저씨라고 하시더라고요. 그리고 비서한테도 누나라고 하고요."

어머니가 걱정스럽게 말했다.

"그랬었구나. 어제 저녁에는 배고프다고 하면서 나 보고 아주머니라고 하더라."

아들들이 놀라 이구동성으로 소리를 질렀다.

"네? 아주머니라고요?"

"그래서 오늘 나왔다. 이게 무슨 변이냐."

막내가 이상한 소리를 했다.

"아버지가 귀신들린 거 아닐까요?"

"귀신이라고?"

모두가 눈을 동그랗게 떴다. 그러면서도 귀신이 들리지 않았다면 그럴 수가 없다고 생각했다. 어머니가 말했다.

"아버지한테는 아무 내색하지 말고 지켜보자. 내가 용하기로 이름 난 무당을 알고 있으니 한번 알아봐야겠다."

형제들 중에 유일하게 교회에 다니는 둘째아들이 거부했다.

"어머니 무당이 뭘 안다고 그러세요."

무당을 좋아하는 어머니가 둘째한테 쏘아붙였다.

"넌 교회에 다니기 때문에 모르고 하는 소리다. 귀신은 있는 거다.

귀신을 쫓아내는 덴 굿이 약이야."

이렇게 하여 어머니가 용하다는 무당을 찾아가 상담을 했다. 결국
은 무당이 귀신의 짓이라며 큰 굿을 하면 그런 귀신은 당장에 쫓겨
난다고 했다. 그러면서 이 달 스무날이 길일이라고 날짜까지 잡아 주
었다.

그 날도 해가 지자 회장은 마을버스를 타고 달려가 산동네 계단을
부지런히 올라갔다. 그리고 어제 그 대문을 열고 들어섰다. 부인이
보고 놀라 소리쳤다.

"어른님, 왜 또 오셨습니까?"

회장은 아무렇지도 않게 대답했다.

"엄마, 내가 오는 거 싫어? 왜 또 왔냐고 하는 거야?"

"어른님, 여기는 어른께서 오실 데가 아닙니다."

"엄마, 나 보고 자꾸 어른이라고 하지 마. 그러면 이상해. 나 배고
파 밥 줘."

"밥 없어요. 돌아가세요."

"왜 자꾸 가라는 거야, 내가 어디로 가?"

"어른님 댁으로 가세요."

"여기가 우리 집인데 어디로 가? 엄마 미워!"

회장은 성큼성큼 방으로 들어갔다. 기가 막힌 여인이 따라 들어서
며 앞을 막았다. 회장은 부인을 덥석 끌어안으며 어리광을 부렸다.

"엄마아, 난 엄마가 좋아."

커다란 덩치의 회장이 달려들어 애원했다.

"엄마, 밥 안 줄 거야? 그럼 젖 줘."

부인은 기절초풍할 소리에 그만 털썩 주저앉았다. 그리고 정신이

나가서 어쩔 줄을 모르다가 소리쳤다.

"이 봐요. 영감님. 여기는 남의 집이에요. 이렇게 무례하면 경찰 부를 거예요."

회장은 엉뚱한 대답을 했다.

"엄마, 내가 왜 영감이야? 나 남수야 박남수, 엄마 아들 남수라고."

부인은 아들 이름을 듣는 순가 정신이 번쩍 들었다.

"박남수를 아시나요?"

"엄마, 왜 그래? 내가 박남수라니까."

"이름은 내 아들인데……."

"그렇지? 내 이름 박남수 맞지?"

"……."

부인은 어이가 없어서 입도 벙긋 못했다. 어른이 아이 노릇을 하고 자기를 엄마라고 부르니 머리가 복잡했다. 그래서 하나 물어보기로 했다.

"아저씨가 진짜 남수라면 하나 물어볼게요."

"나 아저씨 아니야. 남수라니까. 좋아 뭐든지 물어봐."

"알았어요. 외갓집에 방이 몇 개지요?"

"히히히 시시하다. 외갓집에 방 셋이 있지. 하나는 안방, 하나는 건넌방, 또 하나는 사랑방. 건넌방에는 외사촌 형이 공부하는 방이잖아."

부인은 충격을 받아 아찔했다. 넘어질 뻔하다 회장 얼굴을 들여다보며 물었다.

"아저씨는 사람이요? 귀신이오?"

"엄마, 나 아저씨 아니고 귀신도 아니야. 배고파 밥이나 줘."

부인은 일단 밥을 달라니 상이나 차려주고 달래어 내보내기로 했다. 아무리 생각해도 사람이 아니다. 어른이 아이 노릇을 하는 것도 그렇고 우리 친정을 다 알고 있으니 귀신이 아니면 알 수가 없는 게 아닌가. 귀신한테 밥이나 잘 해주고 달래어 내보내야지.

부인은 밥상을 차려주었다. 영감은 밥을 맛있게 먹으면서 말했다.

"엄마가 해주는 밥은 아주 맛있어."

"고마워요"

"엄마, 나 밥 먹었으니 자러 간다."

영감은 옛날 아들이 하던 짓을 그대로 하고 옆방으로 갔다. 그렇게 하여 귀신인지 아닌지 알 수 없는 사람을 두고 밤이 새도록 잠을 이룰 수가 없었다.

'이건 귀신의 짓이다. 내 아들 죽은 지가 언제인데 저런 영감 귀신이 되어 나를 괴롭히는지. 내일은 점쟁이한테 가서 물어봐야지.'

부인은 밤새도록 잠을 설치고 뒤척이다가 날이 샜다. 늦잠을 자고 일어나 보니 옆방은 빈방이고 영감이 보이지 않았다. 부인은 생각을 굳혔다.

'귀신이라 밤이면 왔다가 날이 밝으면 달아나는 거다. 옛날 어른들이 한 말이 맞는 거야. 확실히 귀신이 왔다 간 거다. 오늘은 까치골 보살님을 찾아가 점을 쳐 봐야지.'

굿하고 점치고

회장은 날이 밝자 자리에서 급히 일어나 대문을 나섰다. 그리고 두리번거리며 중얼거렸다.

"내가 왜 여기 와서 잠을 잤지? 여기가 어디야?"

정신이 든 회장이 자기 회사로 갔다. 그런데 창고 쪽에서 이상한 소리가 들렸다. 북소리 꽹과리소리에 저금치는 쨍쨍 소리까지 들렸다.

'이게 무슨 소리야?'

궁금해진 회장이 그리로 가자 아내가 달려와 반색을 했다. 회장은 아내가 하는 소리는 듣는 둥 마는 둥 소리 나는 쪽으로 갔다.

거기 큰 굿판이 벌어져 있었다. 굉장한 상에 제물을 차리고 무당이 울긋불긋한 옷을 치렁치렁 걸치고 미친 듯이 칼춤을 추면서 소리쳤다.

"망령 귀신아 물러가라! 여기는 너같이 더러운 것이 있을 데가 아니다. 감히 어디라고 하늘같은 회장님을 가지고 노느냐? 귀신아, 썩 물러가라. 훠이훠이!"

무당은 칼을 휘두르며 소리치느라 회장이 가까이 온 것도 모르고 있었다. 회장이 멀거니 서 있다가 굿판으로 다가가 물었다.

"이게 뭐 하는 짓거리냐?"

아들이 잽싸게 거짓말을 꾸며댔다.

"우리 회사에서 이번에 내놓은 신상품이 대박나라고 축수 굿을 하는 중입니다."

그 소리에 곁들여 아내도 한 수 더 떴다.

"우리 회사 잘되고 당신 건강하고 장수하라는 축수 굿을 한다오."

지금이 어떤 세상인데 굿을 하고 복을 빈단 말인가. 이때 무당이 악을 쓰고 외쳤다.

"나간다! 저 귀신! 눈을 흘기고 나간다. 염치도 좋지 돌아갈 차비나 넉넉히 달란다, 우우, 여기 아들 삼형제 어디 갔느냐, 훠이 훵이!"

아들들이 돈 봉투를 돼지 머리에 얹었다. 무당이 자신에 찬 소리로 단언했다.

"귀신이 꽁지가 빠지게 달아난다. 저기 담 너머 나무가 흔들리지 않느냐. 저놈이 장난까지 치면서 가는구나! 훠이 훠이!"

무당이 상 앞에 큰절을 올리면서 돈 봉투를 챙겼다. 그리고 북장이 상수장이한테 손짓으로 가자면서 굿을 마쳤다.

아들 삼형제를 앞에 두고 어머니가 한시름 놓았다고 좋아했다.

"영험하신 보살님이 저렇게 귀신을 쫓아냈으니 이제 아버지가 이상한 소리는 안 하실 거다. 다들 돌아가 일 보거라."

이렇게 큰 굿판이 끝났고 회장은 기가 막혀 묵묵히 회장실로 들어갔다.

한편 회장 집 굿하는 날 남수 엄마는 급한 마음에 하루도 틈을 두지 않고 허둥지둥 점쟁이 보살집을 찾아갔다.

남수 엄마가 점쟁이를 찾아가 인사를 했다.

"보살님이 용하시다는 말씀 듣고 뭐 좀 알고 싶어서 왔습니다."

점 잘 치기로 이름난 염 보살이라는 50대 부인이 거만한 눈으로 한 마디 했다.

"아주 무서운 악귀가 붙었군."

"네? 어떻게 그렇게 잘 아세요?"

"앉아서 보면 삼천 리 서서 보면 삼만 리가 훤히 보이지."

"용하기도 하시네요."

"그래 왜 왔는지 고해 봐."

"네, 실은……"

그러면서 어떤 영감이 아들이라고 찾아와 밥도 달라고 하고 잠도
자고 가고 하는데 아무리 보아도 보통 사람은 아닌 것 같고 귀신같기
만 한데 어떻게 하면 좋겠느냐고 하소연했다. 다 듣고 난 점쟁이가
대답했다.

"허허, 장비귀신이 붙었어."

"장비라면 삼국지에 나오는 그 장군 말인가요?"

"그래. 맞다."

"보살님, 그럼 장비 귀신을 어떻게 내쫓아야 할까요?"

"간단하다. 염려 놓거라."

"감사합니다. 말씀해 주세요."

"장비가 가장 무서워하는 장군이 누군지 아느냐?"

"모릅니다. 누군가요?"

"장비 의형 유비. 그런 귀신 내쫓는 건 간단해."

"어떻게 하면 되나요?"

보살 점쟁이는 작은 상자를 열더니 부적을 꺼냈다. 그리고 빨간 잉
크로 한쪽 귀퉁이에 이상한 그림을 그려 넣고 말했다.

"이 부적은 좀 비싼데 어쩌나. 이걸 가지고 가서 그 영감귀신이 자
겠다고 하면 그가 베고 잘 베개 속에다 이것을 꼭꼭 접어 숨겨 놓으
면 귀신이 쫓겨 간다."

"고맙습니다. 보살님, 그럼 얼마를 드려야 하나요?"

"그런 귀신 내쫓는 부적은 비싼데 어떡하겠나?"

"얼마나 되는지……."

"다른 사람 같으면 천만 원은 받아야 쓰겠지만 행색을 보아하니 넉
넉한 사람이 아니니 어쩌겠나. 우리 신령님께서도 이해하실 데니 백

만 원만 내놓게."

부인은 가지고 온 돈이 별로 없었다.

"보살님 제가 꼭꼭 챙겨준 것이 삼십 만 원밖에……."

"허허. 무엄하다. 우리 신령님께서 그것 가지고는 안 된다고 하시는구나. 뭐 더 없느냐?"

"예, 그러시면 제 5돈짜리 금반지를 더 올리겠습니다."

"할 수 없지, 우리 신령님께서 그거라도 받으라며 자비를 베푸시니. 됐다. 금반지를 빼거라."

부인은 반지까지 내놓고 부적을 받아들고 물었다.

"보살님, 궁금한 거 하나 더 물어보아도 될까요?"

"무엇이든지 묻거라."

"신령님이라고 하셨는데 정말 신령님이 계신가요?"

보살은 갑자기 정색을 했다.

"그런 것까지 물으면 신령님이 노하신다. 이만 물러가거라."

돌아오는 즉시 귀신 영감이 베고 잘 베갯잇을 뜯고 속에다 부적을 깊이 넣으며 생각했다.

'귀신 영감 오기만 해 봐라. 오늘 밤에 자다가 벼락을 맞듯 일어나 달아나리라.'

그러면서 저녁상까지 차려놓고 귀신영감이 오기를 기다렸다. 해가 지자 귀신 영감이 나타나 소리쳤다.

"엄마, 배고파."

귀신 영감, 차려놓은 밥상을 보더니 좋아하면서 두 말 없이 밥그릇을 싹싹 비웠다. 그리고 물었다.

"엄마, 이제 나 박남수 인정해 주는 거지? 나보고 아저씨라고 하지

마. 알았지?"

"알았다. 밥 먹었으니 잠이나 자라."

"엄마하고 더 놀다 자고 싶은데. 왜 빨리 자라는 거야?"

귀신새끼가 된 아들들

귀신 영감은 옆방으로 들어가 베개를 베고 금방 잠이 들었다. 부인은 귀를 기울였다. 이제 무슨 변고가 일어날 것이니 구경이나 하자고 생각했다. 그러나 아무리 기다려도 코고는 소리만 들릴 뿐 아무 변고도 일어나지 않았다. 할 수 없이 부인도 졸려서 자리에 들고 말았다.

밤이 깊었는데 정말 변고가 발생했다. 쿨쿨 자던 귀신영감이 안방으로 들어와 잠든 부인을 끌어안았다. 부인이 까무러칠 지경으로 놀라 소리쳤다.

"아저씨! 이게 무슨 짓이에요!"

"엄마, 나 남수야, 아저씨 아니야."

"남수고 귀신이고 다 필요 없어요. 저리 떨어져요."

확 밀치고 일어나자 귀신영감이 놓아주지 않고 말했다.

"나 엄마 젖 만지고 자고 싶어어."

"이 영감이 미쳤나. 무슨 소릴 하는 거야?"

"나 영감 아니라니까. 남수야 엄마."

"아이고 미치겠네. 장비야 물러가라, 유비가 왔다!"

"엄마, 유비가 어디 있어?"

유비 장비 소리를 하고 장비귀신 물러가라고 소리치고 밀고 당기고 싸우다가 날이 밝았다. 귀신 영감이 갑자기 정신이 드는 듯 자리에서 일어서서 허겁지겁 달아났다.

부인은 자리에서 일어나 좋아했다.

'마침내 장비귀신이 물러갔구나. 만세. 보살님 고맙습니다.'

회사에서 아들들이 속삭였다.

"아버지가 이제 제 정신이 드신 것 같지 않으냐?"

맏형이 하는 말을 막내가 듣고 대답했다.

"맞아요, 형님. 이제 귀신이 쫓겨나갔으니 별일 없겠지요."

둘째가 고개를 저었다.

"귀신은 무슨……."

맏형이 꾸짖었다.

"넌 그게 문제야. 교회에 나가는 사람은 다 그런 거냐? 교회 목사한테 아버지 귀신 물러가라고 해 봐라. 목사가 무슨 힘으로 귀신을 쫓아내겠느냐? 무당이 아니면 귀신은 아무도 못 건드린다. 두고 보면 알 거야. 아버지는 이제 아무 일도 없으실 거다."

그렇게 하루가 가고 저녁때가 되었다. 아들들이 오늘은 아무 일도 없으려니 믿고 회장실을 찾아갔다. 아들 삼형제가 몰려들어 말했다

"아버지, 퇴근하셔야지요."

회장은 갑자기 어린애 짓을 했다.

"아저씨들 누구세요?"

삼형제는 하늘이 무너지는 듯 눈앞이 캄캄했다. 큰아들이 다가섰다.

"아버지, 왜 이러세요?"

회장은 달아나며 소리쳤다.

"나 우리 집 갈 거예요."

그리고 부지런히 찻길로 나가 마을버스를 탔다. 삼형제는 택시를 불러 타고 뒤를 따랐다. 마을버스에서 내린 회장은 높은 계단을 올라가 허술한 대문을 열고 들어가며 소리쳤다.

"엄마, 나 왔어."

그 소리에 소스라치게 놀란 부인이 외쳤다.

"왜 또 왔어, 이 귀신아!"

"엄마, 나 귀신 아니야. 엄마 아들 박남수, 남수라고. 엄마는 이상해."

"뭐라고?"

"어저께는 아저씨라더니 오늘은 귀신이라고? 엄마, 나하고 재미있게 놀려고 그러는 거지?"

"아이고, 이 장비 귀신아 네 집으로 가아!"

문 밖에서 그 소리를 듣고 있던 삼형제가 우르르 몰려 들어가며 한 소리로 불렀다.

"아버지, 아버지."

갑자기 장정들이 들이닥쳐 아버지라고 부르는 소리에 부인은 까무러치게 놀랐다.

"이놈의 귀신이 쫓겨 간 줄 알았는데 새끼 귀신들까지 몰고 왔네! 어쩌면 좋아, 이 귀신들아 물러가라!"

이때 삼형제가 몰려든 것을 본 회장이 그 앞에 무릎을 꿇고 빌었다.

"아저씨들 왜 이러세요? 우리 엄마 잘못 없어요."

아들들도 같이 그 앞에 무릎을 꿇었다.

"아버지, 왜 이러세요. 이러시면 안 됩니다."

부인은 그 꼴을 보다가 기가 막혀 이렇게 생각했다.

'귀신들이 떼거리로 몰려와 별짓을 다하는구나. 아비귀신에 새끼귀신들까지 왔으니 또 무슨 짓을 할 줄 알아. 에라 이 귀신 놈들 물러가라.'

그러면서 부엌에서 큰 바가지에 물을 가득 퍼다 확 끼얹으며 소리쳤다.

"장비귀신 물러가라. 새끼 귀신 물러가라!"

회장을 비롯해서 무릎 꿇은 사부자가 물벼락을 맞고 자리에서 벌떡 일어섰다. 그리고 큰아들이 외쳤다.

"아주머니, 이게 무슨 짓입니까?"

부인도 지지 않았다.

"뭐라고? 무슨 짓? 저 늙은 귀신이 무슨 짓을 했는지 알고나 하는 소리냐?"

둘째 아들이 부인 앞에 겸손이 허리를 숙이고 말했다.

"부인, 죄송합니다. 우리들은 귀신이 아닙니다."

"귀신들이 아니면 뭐요? 남의 집에 와서. 내가 남편 자식 다 잃고 혼자 사니까 우습게보고 이러는 거 아니냐고요?"

이때 회장이 아들들한테 빌었다.

"아저씨들 가세요. 왜 엄마한테 이러세요?"

삼형제는 어이가 없어서 머리에 흐르는 물을 씻으며 말했다.

"아버지 이러지 마세요. 정신 차리세요."

회장이 어린애 소리로 대답했다.

"아저씨, 왜 나보고 아버지라고 하세요. 난 우리 엄마 아들이에요."

언제나 친절하고 점잖은 둘째아들이 말했다.

"형님, 이러고 있을 게 아닙니다. 잠깐 밖에 나가서 대책을 세우시지요."

"무슨 대책이냐?"

"일단 나가서 이야기해요."

그러면서 부인한테 정중히 말했다.

"아주머니도 잠깐만 밖으로 나가서 말씀 좀 나누실까요?"

부인이 의심하면서도 그 말에 따르기로 하고 문밖으로 나섰다. 부인 뒤를 따라 나오려는 회장이 어린애 소리를 했다.

"엄마, 어디 가? 아저씨 따라가지 마, 아저씨들 미워요."

문 밖으로 나서는 순간 막내가 대문을 막았다. 그 사이 뒤쪽으로 간 아들과 부인이 둘러섰다.

현명한 아들

둘째아들이 차분히 입을 열었다.

"아주머니 죄송합니다만 아들 이름이 남수였다고요?"

"네, 내 아들 남수는 교통사고로 죽은 지가 오랩니다. 그런데 저 영감이 나타나 자기가 내 아들이라면서……."

둘째아들은 순간 감이 잡혀서 조심스럽게 말했다.

"아주머니, 놀라지 말고 들어주세요."

"알겠어요. 말씀하세요."

"저 어른은 우리 아버지가 맞습니다. 그리고 아주머니 아들도 맞습니다."

그게 무슨 말인지 몰라 부인은 어리둥절했다.

"무슨 말씀을 그렇게 하시나요? 쉽게 말해 주세요."

“네. 사실대로 말씀드리지요.”

그리고 삼형제가 늙은 아버지를 위해 다리 관절수술과 척추수술을 해 준 것과 치매 증상이 있어서 치매를 고쳐드리려고 교통사로 죽은 아이 뇌를 구하여 머리에 이식수술을 해서 치매도 고치고 건강도 완전히 회복시켜 드렸다는 사정을 밝혔다.

부인은 놀라서 털썩 주저앉았다.

“이를 어쩌면 좋아요. 저 어른이 외모만 어른이고 나한테 한 짓은 죽은 아들이 하던 그대로였어요. 어려서 보고 들은 기억들을 하나도 잊지 않고 말하므로 귀신의 짓이라고 생각했어요. 말씀 듣고 보니 그런 것이 아니었네요. 저 어른이 하는 말은 꼭 내 아들 같은데, 외모는 전혀 다르니 이제 어떡해야 하나요?”

둘째아들은 매우 지혜로운 사람이었다.

“제 말을 알아들으셨으니 이제 방법을 찾아야 합니다.”

부인이 자기 말을 했다.

“그런 것도 모르고 저는 보살 점쟁이를 찾아가 점도 쳐 보았답니다. 점쟁이 말이 장비귀신이 붙어서 그런 것이라면서 부적을 비싸게 팔았습니다. 그것을 점쟁이 말대로 베개 속에다 숨겨놓고 이제는 장비귀신이 나갔거니 했는데 나가기는커녕……. 호호호…….”

“왜 웃으세요?”

“그런 것도 모르고 장비귀신이 새끼들까지 몰고 왔다고 물벼락까지 뒤집어 씌워드렸으니 어쩌지요.”

“괜찮습니다. 무엇보다 급한 건 그 병을 치료하는 방법을 알아보는 것이 중요합니다.”

큰아들이 한 마디 했다.

"네가 뭘 알아서 고친다는 거냐? 무당이 큰 굿을 하고 귀신이 나갔다고 했지만 아버지는 조금도 나아지지 않았다. 무당도 못 고치는 병을 네가 고친다고?"

부인이 놀랍다는 듯 웃으며 물었다.

"댁에서는 굿까지 하셨다고요?"

둘째아들이 대답했다.

"예, 큰굿도 했답니다. 무당도 점쟁이도 사람들 홀려서 돈 뜯는 재주가 있을 뿐 실은 아무 능력도 없는 것입니다. 이제부터는 아버지가 우리 집에서는 아버지가 되시고 이 댁에 오시면 아주머니 아들이 되는 수밖에 없지요."

부인이 고개를 저었다.

"아니에요. 저는 그렇게는 못해요. 아무리 아들이라고 생각해도 안 되고요. 밤에 엄마 곁에 잔다고 덤비는 건 견딜 수가 없어요."

"그러시군요. 일단 제가 아는 목회상담으로 유명한 목사님이 계시니 상담을 하여 좋은 방법을 찾아보아야겠습니다."

큰아들은 목사 말만 나와도 화를 내는 사람이다. 그런 사람한테 목회상담 어쩌고 하자 화를 냈다.

"넌 그게 문제야. 목사가 뭘 안다고 상담 어쩌고 하는 거냐? 무당도 점쟁이도 못 고치는 병을 목사가 뭘 고쳐. 다 돈이나 뜯어먹고 사는 사람들이야. 쓸데없는 소리 마."

"형님, 그렇게 생각하시면 안 됩니다. 무당도 못 고치고 점쟁이도 헛소리나 하고 병원서는 치료가 잘 되어서 건강하고 젊게 장수하실 거라고 했는데 그렇게 되었나요?

"너 같은 예수쟁이들 말은 잘하지."

부인이 듣다가 조심스럽게 말했다.

"할 수 있는 길이 있다면 무슨 일은 못하겠어요. 무당이나 점쟁이보다는 목사가 낫겠지요."

큰아들이 또 비아냥대는 소리를 했다.

"흥, 또 돈 뜯길 일만 남았군."

둘째아들이 말했다.

"목사님은 돈 같은 건 바라지 않아요. 목사님이 아버지 병을 고쳐 주신다면 어떡하실래요."

"뭘 어떻게 해, 달라는 대로 돈이나 몇 푼 주면 되지."

"형님, 매사를 돈으로 해결한다고 생각하시면 안 됩니다. 우리가 돈으로 아버지를 이렇게 만들어 놓지 않았나요."

부인이 끼어들었다.

"다 좋은 말씀이신데 일단 목사님한테 가 봐요. 무슨 수가 있을지 누가 알아요."

"그럽시다."

이렇게 하여 막내아들은 아버지를 지키고 첫째와 아주머니가 둘째를 따라 교회로 갔다.

둘째가 목사님을 만나 그간의 사정 이야기를 했다. 그 말을 다 들은 목사님이 이렇게 말했다.

"잘 알겠습니다. 일단 어른의 머릿속에 아이하고 어른 둘이 들어 있습니다. 그런 경우는 하나님밖에 고칠 수 없습니다."

첫째아들이 비웃는 소리로 말했다.

"무당도 점쟁이도 병원 의사도 못 고친 병을 보지도 못한 하나님인지 뭔지가 고친다니 말이 됩니까?"

목사님은 조금도 노하지 않고 차분히 말했다.

"하나님은 사람이 하는 것처럼 서두는 분이 아니십니다. 시간을 두고 고치십니다."

"시간을 두고 고친다고요? 어느 세월에 고칩니까?"

"네. 제 말씀을 믿으시면 됩니다. 하나님을 믿으십시오."

첫째아들이 화를 버럭 냈다.

"하나님을 믿으라고요? 내가 그럴 줄 알았다니까. 우리가 몰려오니까 그런 식으로 교회 나오라고 할 생각이신 것 같은데 어림도 없는 소리입니다."

목사님은 여전히 침착하게 받았다.

"사람은 늙으면 치매가 생기기도 하고 어린애가 되기도 합니다. 그리고 어린이는 나이가 들면 어른으로 변합니다. 말하자면 한 머리에 갇힌 어른은 세월이 가면 어린이가 되고 어린이는 어른이 되어 두 머리가 어느 순간 하나로 되면 아주 건강한 사람으로 변합니다."

첫째는 머리를 외로 꼬고 둘째는 기대감으로 눈빛이 빛났다. 목사님 말에 귀 기울이던 부인이 말했다.

"목사님 말씀을 들으니 뭔가 희망이 보입니다. 그럼 우리가 어떻게 하면 되나요?"

"하나님은 인간이 태어날 때 아름다운 심성을 주십니다. 그런데 살다가 변하여 나쁘게 되기도 하고 천성대로 곱게 유지되기도 합니다."

첫째가 엉뚱한 소리로 물었다.

"그럼 우리 아버지는 어떻게 하지요?"

목사님이 차분히 대답했다.

"어른님을 위하여 굿도 해보고 점도 쳐보고 병원에도 가보지 않았습니까. 이 세상에서 사람이 할 수 없는 단계에 이르면 찾아갈 곳이 바로 교회입니다."

둘째는 고개를 끄덕이고 밝은 얼굴을 짓는데 첫째가 얼굴을 붉혀 가며 대꾸했다.

"내가 다 그럴 줄 알았지. 목사라는 사람들이 하나님도 아니고 예수 팔아먹고 사는 장사꾼이지 뭐 다른 게 있소. 둘째야, 그만 가자."

둘째는 목사님 앞에 부끄러워 어쩔 줄 모르는데 첫째는 성큼성큼 교회 밖으로 나갔다. 그러나 부인은 달랐다.

"제가 듣기에 목사님 말씀이 옳은 것 같아요. 목사님이 하시라는 대로 교회에 나오시라면 나오겠습니다."

"감사합니다. 그렇게 하시면 기적적인 변화가 있을 것입니다."

둘째아들도 좋아하면서 부인한테 말했다.

"아주머니, 잘 생각하셨어요. 아버지가 오시거든 교회로 모시고 오세요."

"그런데……. 그 어른을 어떻게 교회까지 모시고 올 수 있을까요?"

목사가 말했습니다.

"그 어른은 아주머니를 엄마로 알고 하자는 대로 잘 따르실 겁니다. 저녁에 오시거든 이제부터 교회에 나가기로 했으니 엄마를 따라 교회 가자고 하시면 따라 나올 것입니다."

"그렇게 하면 되겠네요."

그렇게 생각한 부인이 집으로 돌아왔다. 대문을 못 열게 하여 갇힌 어른은 막내아들하고 씨름을 하고 있었다. 그러다가 부인이 들어서자 애가 된 채 울면서 맞았다.

"엄마, 어디 갔다 이제 와."

막내아들은 물러서서 그 모양을 보고 가슴을 쳤다.

"어이그, 어쩌다 아버지가……."

부인이 막내아들을 돌려보내며 말했다.

"일이 잘 될 것 같아요. 어른은 나한테 맡기고 돌아가세요."

그리고 회장한테 옛날 엄마로서 아들 취급을 하던 식으로 반말을 했다.

"남수야. 엄마 말 잘 들을 거지?"

"엄마, 나 엄마 말 잘 들을 거야. 뭐든지."

"알았다. 오늘 밤 엄마가 교회에 가서 목사님 만나고 왔다."

"왜?"

"오늘 저녁 먹고 교회 철야예배에 가기로 했다. 빨리 저녁 먹고 교회 가자."

"엄마, 나 데리고 갈 거지?"

"그래."

"아이 좋아, 난 엄마가 달아날까 봐 무서워. 엄마가 교회에 가면 나도 갈 거야."

이렇게 하여 저녁마다 회장을 아들 취급하면서 철야예배에 참석했다. 남수는 착실하게 부인을 따라 교회에 잘 나가고 있었고 교회에서 돌아와 자고 나면 어른으로 변하여 허겁지겁 달아나 아들들이 기다리는 회사로 갔다.

아버지가 아들들한테 말했다.

"이번 신상품을 대량으로 팔자면 그 구미물산 허사장을 알아야 하는데 그분하고는 손이 닿지 않는다. 무슨 묘책이 있겠느냐?"

이때 둘째아들이 대답했다.

"아버님, 좋은 길이 있습니다."

"무슨 길이냐?"

"그런데 그 길을 트기가 쉽지 않습니다."

"어렵지 않고 뚫리는 길이 어디 있느냐. 도전하는 자에게 길은 열리는 법이다."

"아버지 그렇게 생각하세요?"

"암."

"아버지한테는 아주 어려운 일인데요."

"내가 무엇이 무서워서 못한단 말이냐. 호랑이굴이라도 들어가라면 들어간다."

"호랑이굴보다 더 무서운 곳인데요."

"그게 뭐라는 거냐. 일단 들어보자."

"거기만 가면 아버지가 허사장을 만나실 수 있고 대박도 날 수가 있습니다. 그런데……."

"뭘 그리 뜸을 들이는 거냐?"

"제가 교회에 나가는 건 아시지요?"

"알지. 너 좋아 나가는 거 막고 싶지 않아서 내버려 두었다."

첫째가 끼어들었다.

"너 아버지까지 거기로 가시게 할 생각이냐?"

회장이 첫째한테 물었다.

"거기라니? 거기가 어디냐?"

"아버지하고는 안 어울려요."

"목적을 가지고 가는데 안 어울리면 어떠냐. 어울려주면 되지."

호랑이굴보다 무서운 곳

둘째아들이 밝은 얼굴로 말했다.

"거기가 어디냐 하면요."

"그래, 호랑이굴보다 무섭다는 거냐?"

첫째아들이 심술이 난 소리를 했다.

"아버지는 못 가세요. 저 애가 가자는 곳이 어딘지 아세요? 예배당
이에요."

"예배당?"

둘째가 대답했다.

"형이 말한 대로 예배당이에요."

"예배당이 호랑이굴보다 무섭다고? 착한 사람들이 모이는 곳인데
어째서 그런 소리를 하는 거냐?"

"아버지가 놀라시지 않아서 다행이에요. 거기 그 교회에 나가시면
허사장을 만날 수 있어요."

"그러냐?"

"네. 그 교회 장로님인데 아주 좋으신 분이에요. 앞으로 저를 따라
교회에 나가시면 그 장로님을 만나시게 됩니다."

"그러냐? 그럼 나가야지. 호랑이굴도 아닌데 못 갈 이유가 없지.
사업에 도움이 되는 일인데 교회면 어떠냐."

둘째아들이 다짐했다.

"그러시면 다음 주일부터 교회에 나가세요. 저하고 같이 가시면 목
사님도 만나고 허장로님도 소개받으실 거예요."

"그러냐? 당장이라도 가자."

마침내 사업을 위해서라면 무엇이든지 하는 회장은 둘째아들을 따

라 교회를 나갔고 거기서 허장로를 만났다. 허장로한테 잘 보여야 된
다는 목적 때문에 교회를 빠지지 않고 나갔고 허장로 말이라면 무엇
에나 앞장섰다.

체면도 내려놓고 순종했다. 그러면서도 해만 지면 어린애가 되어
엄마네 집으로 달려갔다.

이미 목사님과 약속한 바가 있어 부인은 회장이 오기를 기다렸다
가 엄마 노릇을 제대로 했다.

"엄마, 배고파."

"알았다, 저녁 먹고 교회 가자."

"좋아, 엄마 따라갈 거야."

어른이 아닌 아들이 된 회장은 철야예배에 꼬박꼬박 참석했다. 속
사정을 모르는 교인들은 부인이 남편하고 같이 나오는 것으로 오해했
지만 비밀을 아는 사람은 목사 이외는 아무도 몰랐다.

주일 낮 예배에는 허장로한테 잘 보이려고 나가고 밤이면 엄마를
따라 교회로 가 철야 예배를 드렸다. 그러기를 2년 넘게 설교를 듣다
가 전혀 생각지도 않은 변화를 맞았다.

콩나물에 물을 주면 날마다 자라듯이 주일과 철야예배에 참석한
회장은 자기도 모르는 사이 신앙심이 깊어졌다. 그래서 전에 없던 봉
사심이 생겼고 진짜 예수 제자가 되어 허장로보다 더 열심 성도가 되
었다. 또한 허장로는 적극적으로 사업을 도와주어서 그 덕으로 신생
품이 대박이 났다. 회장은 기쁜 마음으로 봉사도 잘하고 헌금도 잘했
다.

예수 믿으러 나간 것이 아니라 사업 목적으로 나간 교회인데 목적
이 믿음으로 바뀌었다. 그 결과 온 가족이 교회에 나가는 기적이 일

어났고 아들들이 집사가 되고, 부인 남수 엄마도 집사가 되었다.

그뿐 아니라 아들들이 남수네 집을 장만해 주어 회장이 저녁마다 편하게 지낼 수 있도록 해주었고 생활비까지 대주어 구차하게 살던 부인도 생활이 폈다.

회장은 얼마나 모범적으로 봉사하고 믿음생활을 잘하는지 교회 출석 3년 만에 장로가 되고 허사장과는 친형제처럼 가까이 지내는 사이가 되었다.

하루는 목사님이 세 아들들과 부인집사를 한 자리에 앉혀놓고 회장 장로를 향해 말했다.

"장로님은 심성이 고우시기가 마치 어린이와 같으십니다. 그래서 말씀인데 앞으로는 주일학교 교장 직을 맡아 주셨으면 합니다."

장로 회장이 놀라 손을 저었다.

"아닙니다. 저는 아무것도 모릅니다. 교회에서 저한테 무엇이든 하라고만 하시면 다하겠지만 그것만은 다른 장로님한테 맡겨주십시오."

목사님이 비유를 들었다.

"장로님, 저 큰 기둥을 보세요. 저것이 처음부터 저렇게 반들반들한 나무였을까요?"

"아니지요. 거친 껍데기를 벗기고 톱으로 베고 대패로 다듬어서 저렇게 된 것이지요."

"기둥감은 목수가 보고 정합니다. 그렇듯 하나님의 훌륭한 일꾼은 목사가 정합니다. 제 말씀을 따라 주세요

"그렇기는 합니다만 저하고는 다릅니다."

목사가 친절하게 말했다.

"장로님, 제가 동화책을 몇 권 드리겠습니다. 동화를 읽으시고 마

음에 새겨두셨다가 아이들 앞에서 그 이야기를 해 주시는 겁니다. 초등학교 다니실 때 선생님이 해주시던 재미있는 이야기를 들어보셨지요?"

"예, 그렇기는 합니다만."

"선생님이 동화 이야기를 하면서 손짓 발짓도 하고 얼굴을 찡그리기도 하고 활짝 웃기도 하고 껑충껑충 뛰기도 하는 몸짓을 보셨지요?"

회장이 갑자기 하하대고 큰소리로 웃어젖혔다.

"하하하, 그렇습니다. 내가 3학년 때였는데 우리 선생님이 무슨 이야기인지 하시면서 신나게 뛰시다가 쿵 하고 벌러덩 넘어지시더니 못 일어나셨습니다. 그래서 우리들이 부추겨드린 일이 있었습니다. 갑자기 그때 생각이 나서 웃었습니다."

이 말에 아들들과 부인 집사도 한바탕 웃음보를 터뜨렸다. 웃음소리가 그치자 회장 장로가 부인을 향해 엉뚱한 말을 했다.

"집사님, 웃는 목소리도 좋지만 입이 아주 예쁘십니다."

이때 목사님이 받았다.

"그렇지요? 집사님 웃는 소리가 꾀꼬리소리처럼 예쁘지요?"

회장 장로가 의아한 눈으로 부인 집사한테 물었다.

"집사님은 댁이 어디신가요?"

"저는……."

미처 무슨 대답을 해야 할지 몰라 망설이며 얼굴이 빨개졌다. 그 순간 목사가 말했다.

"회장님은 아직도 모르셨나요?"

"제가 어떻게 압니까."

"차차 아시게 됩니다. 오늘은 궁금하셔도 참으시고 다음 주일 날 교회학교 교장님 신고식 준비나 하시지요."

그렇게 하루가 가고 저녁때 회장이 전에 없이 기쁜 얼굴로 아들들을 불렀다.

"오늘 저녁은 목사님 모시고 우리 집에 가서 파티를 하자."

머릿속에서 큰 아이

아들들이 모두 놀랐다. 전 같으면 지금쯤 남수가 되어 달아날 시간인데 집에 가서 파티를 하자고 하시니 어이가 없었다. 회장은 마치 딴 사람이 된 것처럼 말했다.

"우리 한 자리에 모인 사람들 모두가 우리 집으로 가십시다. 목소리 예쁜 집사님도 함께 갑시다."

목사가 넌지시 물었다.

"장로님 댁이 어디신가요?"

"목사님 농담도 잘하십니다. 우리 집에 한두 번 오셨나요? 우리 가족이 모두 교회에 나온 지가 몇 년입니까. 그 동안 가정심방도 하시지 않았습니까?"

목사님이 한 수 더 떴다.

"제가 그만 깜박했습니다. 나이가 들다 보니 가끔 깜박도 잘합니다."

"그러셨군요. 그런데 나는 날이 갈수록 정신이 맑아지고 젊어지는 기분이 듭니다. 이것도 병이지요?"

"그런 것 같습니다. 나이를 먹으면 모두들 깜박깜박하는데 장로님은 젊어지는 병이 드신 것 같습니다. 하하하."

이렇게 한바탕 웃고 난 다음 모두가 장로님 댁으로 몰려가 즐거운 시간을 보냈다. 그런데 밤이 되어도 엄마 찾아 간다는 생각은 잊은 듯 서재로 들어가 동화책을 읽으며 밤을 보냈다.

남수 엄마는 갑자기 아들을 빼앗긴 느낌이 들었다. 회장네 집에서 즐겁게 보내고 돌아오는 길은 매우 허전했다. 그리고 회장이 어린애 짓을 하는 소리가 그리워졌다.

주일날 부인 집사는 일찍이 교회로 가 목사님과 상담을 했다.

"이제 장로님이 안 오시니 기다려지고 서운하기도 합니다."

"그러실 겁니다. 그렇지만 집사님만 남수를 빼앗긴 것이 아닙니다. 장로님 아드님들도 옛날의 아버지를 빼앗긴 것입니다. 지금 육신은 누구의 아버지도 아니고 집사님 아들도 아니십니다. 전혀 새로운 젊은 사람이며 유능한 어린이 지도 선생님입니다."

"그렇게 되시면 얼마나 좋겠어요."

"그렇게 됩니다. 집사님은 주일날 교회에서 만나실 때는 장로님 속에서 성장한 아들을 보시는 줄 생각하시고 장로님 아들들은 신앙 깊은 장로님을 모시게 될 것입니다."

상담을 마친 후 목사님은 장로님을 모시고 주일학교 교실로 갔다. 목사가 물었다.

"장로님 재미있는 동화를 준비하셨지요?"

"글쎄요. 모르겠습니다. 동화책을 다 읽어보았지만 제 마음에 드는 것이 별로 없었습니다."

"그러시면 어떡하지요?"

"나 나름대로 하고 싶은 이야기를 하는 편이 나을 것 같습니다."

"무슨 이야기가 하시고 싶으신데요?"

"그냥 우리들이 하나님의 사랑을 얼마나 많이 받고 있는지 뭐 그런 이야기를 하고 싶습니다."

목사는 은근히 걱정이 되었다. 읽고 참고하라는 동화는 안 하고 무슨 다른 생각을 하시는지 궁금해져서다. 하지만 한번 믿고 맡겼으니 지켜보자고 생각했다.

장로님은 목사님을 따라 어린이 학교 교실로 들어갔다. 어린이 교실에는 백 명도 넘는 아이들이 초롱초롱한 눈망울로 새로 오신다는 장로 교장님을 기다리고 있었다.

목사님이 아이들한테 새로 오신 교장님이라고 장로님을 소개하고 옆자리에 앉았다.

사업에는 자신이 넘치는 회장이지만 막상 많은 아이들을 앞에 놓고 보니 약간 위축도 되었다. 그러나 생각한 대로 하기로 했다.

강단에 선 장로님이 아이들을 둘러보고 한마디 했다.

"어린이 여러분 모두가 예쁘고 귀여운 천사처럼 생기셨습니다. 오늘 나는 교회학교 교장을 하라고 하시는 목사님 말씀에 순종하기로 했습니다."

한 아이가 손을 번쩍 들었다. 장로님이 그 아이한테 말했다.

"손 든 학생 무슨 말이 하고 싶은가요?"

아이는 엉뚱한 것을 물었다.

"장로님 몇 살이에요?"

무슨 질문을 하려고 그러나 하고 기다리던 아이들이 그 질문에 모두 까르르 웃었다. 장로님은 웃으며 대답했다.

"사람은 나이가 많아지면 어린이가 된다고 했어요. 나도 마찬가지로 보기에는 어른이지만 속은 여러분과 동갑내기 아이랍니다. 또 이런 말도 있지요? 어른 같은 아이라고 하는 말, 들어보셨지요?"

아이들이 모두 네네 하고 대답했다. 장로님은 아이들을 다시 둘러보며 말했다.

"여러분 이제 눈을 가만히 감고 생각해 보세요. 나는 어떤 아이인가? 부모님 말씀 잘 듣고 선생님이 가르칠 때 정신을 집중하여 공부를 했는지, 친구들과 싸우지는 않았는지, 나이 어린 동생들을 때리고 미워하지 않았는지 생각해 보세요."

아이들이 모두 눈을 감았다. 그리고 모두가 장로님이 말하는 대로 나는 어떻게 했는지를 반성했다.

장로님이 이런 말도 했다.

"여러분 마음으로 하나님이 나를 사랑하실까 하고 생각해 보고 또 나는 하나님을 얼마나 사랑하고 있나 마음으로 물어 보세요."

아이들은 또 장로님 말씀대로 하나님을 얼마나 사랑했는지 생각해 보기도 하고 하나님이 나를 사랑하고 있을까 하는 생각도 해 보았다. 그 다음 장로님이 말했다.

"여러분 이제 눈을 떠 보이세요. 무엇이 보이나요?"

한 아이가 대답했다.

"아무것도 안 보입니다."

다른 아이가 말했다.

"앞자리에 미숙이 머리만 보입니다."

아이들이 와르르 웃었다. 장로님이 물었다.

"하나님은 안 보였나요?"

"예예, 안 보였어요."

"그럼 자기 마음을 본 사람이 있나요?"

아이들은 한 목소리로 대답했다.

"없어요."

"하나님이 여러분을 한 사람도 빼놓지 않고 사랑한다는 것을 알고 싶지요?"

"네네."

"옛날에 임금님이 많은 백성들을 모아놓고 양동이를 하나씩 주면서 명령을 했어요."

장로님은 아이들을 둘러보며 임금님이 내는 소리로 이렇게 말했다.

"여봐라, 너희는 짐이 내린 양동이를 들고 모두 저 앞에 있는 호수로 가서 물을 가득히 떠오너라."

그리고 백성들이 하는 소리를 했다.

"예에이! 예에이!"

백성들은 우르르 달려가서 양동이에 물을 담아 들고 돌아왔다. 어떤 사람은 물을 양동이 가득 채워 가지도 오고 어떤 사람은 무겁다고 반통만 떠가지고 오고, 어떤 사람은 빈 통으로 돌아온 사람도 있었다.

해가 지고 동쪽에서 둥그런 보름달이 떠올랐다. 임금님이 보름달을 올려다보시더니 백성들을 향해 말했다.

"백성들은 내 말을 따르라. 모두 자기 물통을 들여다보고 내가 묻는 말에 대답하렷다."

백성들은 모두 임금님이 무슨 명을 내릴까 기다렸다. 장로님이 역시 임금님 목소리로 물었다.

"물통 안에 무엇이 보이느냐?"

백성들이 한 목소리로 대답했다.

"달이 보입니다. 전하."

그런데 빈양동이를 가지고 온 사람이 한쪽에 있는 사람한테 물을 나누어 달라고 했다. 그러나 아무도 물을 주지 않았다. 임금님이 큰 소리로 명령했다.

"양동이에 달이 뜨지 않은 사람은 앞으로 나오라."

물 떠오기가 싫다고 빈양동이를 들고 있던 사람이 무릎걸음으로 앞으로 기어 나갔다. 그 백성을 향해 임금님이 명령했다.

"빈 양동이를 들고 온 사람이 어찌 이리 많으냐? 너희는 여기에 머리를 땅에 박고 내가 일어나라고 할 때까지 그렇게 있도록 하여라."

장로님이 아이들을 돌아보며 이렇게 말했다.

"어린이 여러분. 양동이에 물을 떠온 사람과 빈손으로 온 사람들 중에 누구를 닮고 싶은가요?"

아이들은 한 목소리고 대답했다.

"물을 퍼온 사람들이에요."

"그렇지요? 그럼 물을 안 퍼온 사람들이 좋다고 생각하는 사람 있으면 손들어 봐요."

아무도 손을 들지 않았다. 장로님이 말을 이었다.

"달이 양동이 물에 안 떠 있는 사람 있나요?"

"없어요."

"그래요. 물이 차 있는 양동이에는 하나도 빼놓지 않고 달이 떠 있지요?"

"네네네."

"바로 여러분은 물이 가득 찬 양동이와 같은 어린이에요. 하나님은 모든 사람을 똑같이 사랑하시기를 양동이에 비친 달 같은 거예요. 그런데 달이 비치지 않은 양동이는 무엇 때문인가요?"

한 아이가 큰소리로 대답했다.

"물이 없어서 그렇습니다."

장로님이 그 아이를 귀엽다고 바라보시면서 말했다.

"그래요. 잘했어요. 양동이에 물이 없기 때문에 달이 비쳐도 아무 것도 안 보이는 거예요. 그렇듯이 하나님은 온 세상 한 사람도 빼놓지 않고 사랑하시는데 그 사랑을 받아들이고 행복하게 사는 사람이 있는가 하면 나는 하나님을 몰라 하고 외면하는 사람은 양동이에 물이 없는 사람 같은 거예요. 어린이 여러분은 교회에 와서 찬송도 부르고 하나님 말씀도 듣는 것은 양동이에 물을 담는 것과 같은 거예요. 그래서 물에 뜬 달을 보듯 하나님을 마음에 모시는 거예요. 여러분은 마치 물이 가득 담긴 양동이 같은 어린이에요. 알았지요? 이제 하나님의 얼굴을 볼 수 있는 어린이라고 생각하는 사람 손들고 박수!"

모든 아이들이 와아 하고 웃으며 박수를 쳤다. 옆에서 지켜보던 목사님이 장로님 손을 잡고 말했다.

"감사합니다. 장로님, 어느 동화책에서도 볼 수 없는 좋은 설교를 하셨습니다."

그러면서 목사는 처음 상담할 때 했던 말을 떠올렸다.

"저 장로님은 지금 어린이도 아니고 어른도 아닌 상태가 되어 가고 있습니다. 머릿속의 어른은 어린이가 되어가고 어린 뇌는 어른으로 성장하면서 의식의 일치점에 이르고 있는 현상입니다. 그래서 어린 뇌는 어른으로 변화되고 어른은 젊은 뇌의 지원을 받아 청년에 가까운 새 인간상을 보여주기 시작했습니다. 앞으로는 얼마 안 있어서 저녁이 되어도 엄마를 찾지 않을 것입니다."

그렇게 반대하던 큰아들과 둘째아들이 목사 사무실에서 마주앉아 밝은 얼굴로 이야기를 나누었다.

"목사님 감사합니다. 앞으로 아버님은 어떠실까요?"

"앞으로는 옛날 어른도 아니고 엄마 찾는 남수도 머리에서 사라집니다. 전혀 새로운 인물로 신앙생활을 더 열심히 하실 것입니다."

큰아들이 전과는 달리 겸손하게 말했다.

"목사님 감사합니다. 목사님이 도와주시어서 우리 아버님이 더 젊고 건강한 사업가가 되실 거라는 생각이 듭니다."

"맞습니다. 이제 다음 주일부터는 아주 훌륭한 주일학교 교장 선생님이 되시고 구연동화로 아이들한테 아름다운 꿈을 펼쳐주는 별 같은 장로님이 되실 것입니다."

심혁창

「아동문학세상」 등단,
장편동화 『투명구두』, 『어린공주』 외 50권,
한국문인협회, 한국크리스천문학가협회, 사)한국아동청소년문학협회 회원,
한국기독교출판문화상, 한국크리스천문학상, 국방부장관상, 아름다운글 문학상 수상
도서출판 한글 대표

금지된 섬에 봄이 왔다

권 길 주

태산보다 무거운 진실을 벗겨내는 진실 한마디

섬은 고요했다. 유 교수에게도 섬의 끝자락에 피어오르는 아지랑이처럼 봄이 왔다. 유 교수가 준희의 체온을 느끼기 위해 아들의 등을 가만히 쓸어 본다. 유 교수는 아들 준희의 휠체어를 바닷물이 좀 가까이 보이게 서서히 밀어준다.

19년 만에 만난 제자 재숙이 누워서만 사는 아들 준희를 남겨주고 세상을 떠났다. 처참할 것 같았는데, 아들 준희의 등을 어루만지며 그는 비로소 살맛이 났다. 그 이유는 재숙에게 속죄할 시간과 아들이 남아 있기 때문이었다.

어두움이 깃든 보랏빛 라일락 꽃나무에서 스무 살 청춘의 살갗에서나 피어나는 달콤한 꽃향기가 진동했다. 그 향기의 은은함이란 한 번 맡으면 쉽게 발길이 떨어지지 않는 향기였다.

재숙은 어둠이 내린 교정을 보며 빠르게 화실을 나오기 위해 출입구에 있는 전등불을 껐다. 아무도 없는 화실이 공갈빵처럼 휑하니 부풀어 오른 것처럼 공허해 보였다. 화실의 불이 꺼지고 막 화실 문을 나서려는 그때 갑자기 유 교수가 나타났다. 재숙은 순간 사람인지 환영인지 헷갈릴 정도로 놀랐다. 그러나 그의 얼굴은 환한 달빛처럼 수

려한 얼굴이라서 재숙은 잠시 그에게 홀린 듯 서 있었다.

큰 키가 이젤 너머로 왠지 서양화에서나 나올 법한 인물화의 모델처럼 보이기도 했다. 잘생겼다라고 보다는 흔한 얼굴이 아닌 뭔지 모를 이국적인 모습이 여학생들에게 인기를 한 몸에 받고 있는 미대 교수다웠다.

그는 약간의 미소를 지으며 재숙에게 어색한 손짓을 하듯이 손을 가볍게 들어 보였다. 그러나 그의 걸음은 서투르나 빠르게 화실 안을 들어왔고 불이 꺼진 화실은 갑자기 영화의 한 장면처럼 무섭고 괴기한 느낌이 들었다.

전등이 꺼진 화실이 문제였던 것이라고 재숙은 애써 생각하며 가슴이 두근거리는 것을 숨기려는 듯 가슴에 손을 모았다. 그리고 그녀는 어둠속에서 본능적으로 남자를 본 것 때문이었는지 자신도 모르게 다시 화실 안으로 두어 걸음 뒷걸음질을 쳤다. 재숙의 하얀 운동화가 미끄러질 듯이 불안했지만, 그녀에게 유 교수는 무서운 존재는 아니었다. 그는 아주 선량한 미대 교수님이었고 미대생들이 한 번쯤 누구나 다 가까이에서 그의 조교라도 되고 싶은 열망에 싸여 있는 대상이었다.

유 교수의 빠른 걸음은 가죽 단화를 신고 가볍게 이젤 너머 재숙의 흰 운동화 앞에 섰다. 그리고 그는 또 특유의 착해 보이는 표정으로 화실 안을 조심스레 둘러보았다.

그의 몸짓은 갑자기 길 잃은 고양이가 먹이를 찾기 전에 낮게 몸을 수그린 듯이 왠지 어색하게 등이 구부러지기 시작했다. 그때 문밖에서는 늦봄이 가려는지 라일락은 소리 없이 벌써 꽃잎을 떨어뜨렸다.

아주 작고 엷은 꽃잎은 가여운 소녀의 소리 없이 흐르는 눈가의 아주 엷게 흐르는 눈물 줄기처럼 애처롭게 지기 시작했다. 그래도 라일락 꽃잎이 흩어진 자리에 달그림자가 슬며시 비추고 꽃이 진 자리에 피어 오른 나뭇잎 새가 밤공기를 싱싱하게 흔들었다.

유 교수는 불이 꺼진 화실의 창가로 가더니 어두운 유리창 너머 라일락꽃에 시선을 던지듯이 뒷짐을 지고 가만히 창가에 서 있었다. 그때까지 유 교수는 재숙이 있는지 없는지 관심도 없다는 듯이 멍하니 창가에 잠깐 서 있었다.

재숙은 그런 유 교수의 먼 시선에 안심을 하고 놀란 가슴을 살짝 붙잡고 강의실 전등을 다시 키려고 발을 옮기려는 때 유 교수가 고개를 돌리고 재숙에게 걸어와 그녀의 등 뒤에서 걸음을 멈췄다. 그 순간 이상하리만치 재숙은 등골이 서늘해졌다.

무서웠다. 갑자기 모든 공기가 땅 속 저 깊은 곳으로 들어가 버리고 화실 안에는 산소라고는 한 방울도 없는 듯 숨이 막히고 가슴이 콱 하며 막혀 왔다. 재숙은 자신의 인생 전체가 다시는 그 어두운 동굴을 빠져 나갈 수 없을 것 같은 무서운 공포까지 들었다.

그때 재숙의 눈에 띈 것은 화실 출입구에 전등 스위치였다. 저것만 누르면 이 무거운 공기를 벗어나 인생의 환한 등불이 다시 태양처럼 빛나며 자신을 비춰줄 것만 같았다.

재숙은 이제 스무 살이었다. 대학 2학년. 유 교수의 강의를 이번 학기 처음 신청했지만, 복도에서 유 교수를 자주 마주친 적은 있었다. 그뿐이었다. 그런데 그는 몇 차례 재숙에게 심부름을 시키곤 했다. 주로 화실에 자기 그림을 정돈해 달라는 부탁이었다. 그의 그림은 교정에 피어 있는 라일락꽃과 자신처럼 젊고 예쁜 여자들을 그린 그림이 아주 많았다.

　라일락꽃을 덮고 있는 여대생들의 나체도 몇 편 있었는데, 그런 그림들은 이상하게 탐닉을 그리워하나 절대 탐닉을 하지 않는 절제가 숨겨진 신부님의 속내처럼 거룩한 빛까지 느껴져서 재숙은 도대체 이런 그림은 어디서 나오는 걸까 하며 속으로 감탄을 한 적도 있었다. 더구나 유 교수의 그런 그림들을 다른 친구들은 전혀 볼 기회가 없는데 자신은 교수님의 심부름으로 교수님의 화실을 정리하면서 그런 그림들을 볼 기회가 있다는 것이 큰 기쁨이었고 오만한 마음도 좀 들곤 했다.

　그런 유 교수가 갑자기 전혀 다른 사람처럼 그녀를 바라보는 것이었다. 한 번도 스승과 제자의 자리에 있지 않았던 남녀의 느낌이 드는 눈빛을 보내고 있었던 것이다. 어쩌면 오랫동안 짝사랑한 여자친구에게 구애를 하는 듯 약간은 능청맞은 남자친구 같은 느낌마저 들었다.

　그때 밖에서 라일락 꽃가지가 부러지는 소리를 재숙은 들었다. 누가 이 밤에 라일락 꽃가지를 흔들어서 그 가지를 부러뜨린단 말인가. 화가를 꿈꾸며 고등학교 내내 화실에서 밤늦도록 미대에 들어오기 위해 꿈의 날개를 폈던 시간들이 유리조각처럼 산산이 부서지는 소리가 마음속 깊은 곳에서 들려오며 자신은 어쩌면 다시는 그림을 그릴 수 없을 거라는 생각마저 그 순간 스쳐갔다. 이유는 알 수 없지만, 이 늦은 시간에 교수와 학생의 신분으로 두 남녀가 화실에서 마주친 것만으로도 그녀에게는 본능적인 이상한 생각들이 오버랩 되기 시작했다.

　마네나 모네의 그림들……. 렘브란트의 그림들을 화첩에 흉내 내며 수없이 물감을 뒤집어쓴 채 밤을 하얗게 밝히던 화실에서의 시간들이 모조리 불이 다 꺼진 밤거리처럼 황량하게 자신 앞에서 그려지는 순간이었다. 꿈이 저 라일락 나뭇가지처럼 부러지는 소리인가……. 그녀는 순간 괴로웠다. 빨리 이 자리를 피하고 싶었다. 자신이 평소에 좋아하고 존경하는 유 교수였지만, 밤이 깊어가는 화실에 둘만 있는 것은 평소와 달랐다.

자신은 분명 서울에서 이렇게 우수한 대학 미대를 졸업하는 것으로 그치지 않고 서른 살이 되기 전에 꿈꾸던 대로 프랑스로 유학을 갈 것이고, 그리고 서른다섯쯤이면 세계적인 신인 작가가 돼서 그룹전도 하고 마흔쯤에서 귀국해서 화려하게 언론의 찬사를 받으며 귀국 전시회도 열 것이라는 환상적인 꿈을 얼마나 꾸었던가.

그것이 스무 살 미대생 재숙의 누구에게나 자랑하고픈 자신의 청사진이었다.

재숙은 그 날 밤 그 화실에서 서커스에서 곡예를 하던 곡예사가 천장에서 떨어진 것을 본 어린 아이처럼 유 교수의 몸이 곡예사처럼 자신을 향해 높은 천장에서 떨어진 듯이 무겁고 죽을 것 같았던 순간 때문에 숨을 쉴 수가 없었다.

전기 줄이 끊어져 곡예사가 천장에서 떨어진 것처럼 유 교수가 그녀를 성폭행하던 그 순간에 세상의 모든 전기 줄이 그녀에게서 다 끊어져 버린 것이다. 세상의 모든 빛이 그녀에게서 다 꺼져 버린 상태가 된 것이다. 이전에 그녀는 온데 간 데가 없어진 것만 같았다. 합격자 발표를 하던 날 교문 앞에 대자보가 붙어 있던 자리, 한재숙. 장학생이란 이름까지 자랑스럽게 붙어 있던 ○○미대 2학년 스무 살 한재숙의 인생은 사라진 것이다.

그날 이 후, 재숙은 임신을 했다. 사실을 알게 된 것은 임신한지 3개월째가 되어서였다. 여름 방학이었는데 더운 날씨보다 온 몸이 더 나른하기만 했다. 두려움과 불안이 찾아오면 그녀는 무조건 냉장고를 뒤져 마구 먹어댔다. 짧은 여름방학이 다 지나가는 것이 두려웠다. 2학기 등록을 하자니 그녀는 도저히 용기가 나지 않았다. 분명 임신한 채로 2학기를 다니면 친구나 교수님들에게 자신의 모습이 들킬 것 같았고, 무엇보다 유 교수를 만나고 싶지가 않았다. 그가 자신이 임신한 것을 알면 자기를 가만히 둘 것 같지가 않을 거라는 막연한 생각이 들었던 것이다. 자신이 임신한 사실을 알게 될 부모님보다는 유 교수가 더 무서웠던 것이다. 그는 냉혹하게 아이를 지우라고 할 것 같았고, 부모님은 혹시라도 자기 말을 들어줄지도 모른다는 생각을 했었다.

재숙은 불안한 날들을 견딜 수가 없어서 부모님께 우선 대학을 휴학한다고 했다.

"왜 대학을 휴학하는데, 집에 돈도 있고, 엄마 약국도 잘 되고 아버지 사업도 잘 되어 가는데 굳이 네가 휴학하는 이유는 뭐지?"

엄마는 예상하지 않은 딸의 휴학에 대해 조근조근 따져 물으셨다.

"엄마, 나 남해안에 가서 바다를 좀 그리고 싶어요. 거기 가면 지금 학교 다니면서 그리는 그림보다는 더 좋은 바다 그림이 나올 거 같아요."

"그림도 대학에서 훌륭한 미대 교수들에게 배워야 진짜 화가가 되는 거지 바다가 있다고 좋은 그림이 나오겠니? 너 엄마가 내 약국 물려줄 테니 약대 가라고 하니까 기어이 그림그린다고 미대 가더니 지금 그림이 너한테 힘든 거 아니니 혹시?"

"아니야 엄마, 난 그림이 너무 좋고, 화가가 너무 되고 싶어요. 그런데 지금은 내가 그리고 싶은 그림을 그리고 싶어. 배우는 건 나중에 해도 되잖아. 난 내 그림에 충실하고 싶어요."

여름의 끝 무렵 엄마 그리고 아버지는 긴 싸움을 했고, 재숙은 부모님을 설득하는데 결국 이겼다. 그러나 그 싸움은 그녀가 가장 고통스러운 삶을 선택하는 싸움이었지, 결코 이긴 싸움이 아니었다. 그녀는 임신한 사실을 숨기고 남해로 떠났다. 가벼운 화구만 들고 남해의 바닷가를 돌면서 숨어서 아이를 낳을 곳을 찾아 다녔다. 그리고 엄마와 아버지에게는 적당한 핑계를 대기 시작했다. 한곳에 정착하지 않고 살아야 그분들이 오지 않을 것 같아서 그녀는 이곳저곳을 이사하면서 살기로 작정한 것이었다. 그러나 그런 거짓말을 임신 8개월이 되었을 때 다 들통이 났고, 그 해 겨울 그녀는 치열한 진통을 치러야만 했다.

재숙이 찾은 남해의 바닷가 원룸의 주소를 엄마가 알아내고야 만 것이었다. 그녀는 임신 8개월의 배를 내밀고 그림을 그리다 말고 엄마의 예고치 않은 방문을 받게 되었다.

엄마는 재숙의 모습을 보고 경악을 금치 못했다.

"누구야 애 아빠는?"

엄마의 눈빛에서 살기가 나왔다. 태어나서 처음 보는 엄마의 눈빛이었고, 무섭도록 떨리는 엄마의 목소리였다.

태산보다 무거운 것이 진실을 벗겨내는 진실한 한마디라는 것을 그녀는 그 때 처음 알게 되었다.

"우리 대학에 미대 유 교수님이라고 있어. 그 교수님한테 이렇게 됐어."

"뭐, 그럼 너 교수랑 연애한 거야?"

"아니, 난 그 사람 속으로만 좋아했지, 연애한 거 아니야"

"그럼 어떻게 애가 생겼어. 연애한 거 아니면?"

"그게……. 흑흑흑."

재숙의 가슴 저 밑바닥에서 8개월 동안 감추어 두었던 두려움과 고통이 한꺼번에 눈물로 쏟아지는지 끝도 없이 그녀의 볼을 타고 뜨거운 눈물이 흘렀다. 재숙의 어머니는 단번에 딸이 성폭행 당했다는 사실을 알게 되었다. 그러자 그녀의 입에서 갑자기 원룸 전체를 날려 버릴 듯한 고함이 터져 나왔다.

"유교수. 이 개새끼 내가 죽여버릴 거야"

엄마의 날카로운 그 비명 소리는 남해 바다의 푸르고 깊은 바다 속까지 도달할 듯 깊고 무겁고 아팠다. 재숙의 어머니 임 약사는 무조건 재숙의 팔을 잡고 원룸을 나섰다. 그리고 미친 듯이 운전대를 잡고 그녀를 태우고 달렸다. 그리고 도착한 곳은 다름 아닌 재숙이 다니던 대학의 미대 앞이었다.

재숙의 엄마는 재숙을 차에 남겨 놓고 대학으로 뛰어 들어갔다. 미대 강의실에서 강의를 하던 유 교수를 멱살을 잡고 나온 건 약대를 졸업한 약사인 재숙의 엄마가 할 행동이 전혀 아니었지만, 그녀는 남해에서 이미 이성을 잃어버렸었다.

재숙의 어머니와 아버지는 대학교수 한 사람의 목을 치는 일에 아주 빠르고 순조롭게 행동을 했다. 그리고 재숙의 아이를 유산시키려고 백방으로 산부인과를 알아보았다. 외출이 금지된 상태로 그녀는 산부인과를 이곳저곳으로 끌려 다녀야 했다. 그러나 임신 8개월의 임산부를 받아주는 산부인과는 없었다. 재숙은 날마다 아이의 태동소리를 들으며 신께 간절히 기도했다. 아이를 죽이지는 말아달라고. 혼자서 잘 키울 거라고. 그리고 부모님 손을 벗어나게 해달라고.

재숙은 잠긴 방안에서 아이를 임신한 몸으로 그림을 그렸다. 뭉개진 보라색 라일락꽃만 그리던 여름과 가을의 하얀 밤들이 수없이 쏟아지는 별무리가 되어 캄캄한 밤에 길을 비추는 것을 그때 보았다. 자신의 화첩에 수백 장의 뭉개진 보랏빛 덩어리는 결국 그녀에게 한 생명으로 피어나는 꽃이었다. 꿈조차 꾸지 않았던 스무 살의 엄마가 되는 생명이 잉태된 잉여의 시간들이였다. 유 교수에게서 한 통의 전화를 받은 것은 출산하기 며칠을 앞두고였다.

"미안해, 너에 대한 나의 생각이 너무 짧았구나. 내가 양심이 너무 없는 사람이었어. 죄를 지은 대가를 치르는 중이니 아이를 낳으면 나한테 와도 돼. 나 이혼했어. 난 남해로 갈 거야. 네가 아이를 지키면서 혼자 있던 곳에 가보고 싶어서야. 만약에 네가 나를 찾을 때까지 내가 살아 있다면 그곳에서 너를 기다릴게. 아이를 너 혼자서는 키우기가 힘들지도 모르잖아. 재숙아 정말 내가 할 말이 없는 선생이구나. 이제는 나를 교수라고는 부르지 마, 다시 만나더라도."

유 교수는 대학에서 제명을 당했고, 아내에게 이혼도 당했다. 그는 재숙에게 전화를 끊고 지난 일 년 동안 자신의 모든 감정이 한꺼번에 뒤채이듯 엉클어지는 것을 간신히 막으며 조용히 남해 바닷가로 가는 기차표를 끊었다. 서울을 떠나려니 갑자기 모든 것이 힘이 들었다. 43년 동안 쌓아온 탑이 와르르 하고 무너지는 소리가 한꺼번에 들렸다.

명문대 교수로 화가로 그는 유명세를 내야 할 시기에 신문에 오명을 남기고 대학과 화단의 모든 것에서 자신의 이름을 지워야만 했다.

제자를 성폭행하고 임신시킨 폐륜 교수로, 그리고 화가로.

그러나 그도 할 말은 남아 있었다. 자신의 양심과 자신의 내면에 소리로만 자신은 스스로 할 말이 있었다. 유 교수는 어릴 때부터 별명이 미술 천재였다. 그는 벙어리 외할머니 손에서 자랐다. 아빠도 엄마도 하루아침에 교통사고로 죽자, 외손자를 데려온 벙어리 외할머니는 산골에서 나물을 캐고 더덕을 캐고 다 찌그러져 가는 외딴집 뜰에 닭도 키우고, 양도 키우고, 외양간에 소도 한 마리 키우면서 유 교수를 키웠다.

유 교수는 말도 못하는 벙어리 외할머니 대신 동물들과 함께 대화를 하고 그들이 하는 모든 동작들을 온 종일 구겨진 신문지 위에 연필로 그림을 그렸다. 그런 유 교수의 재능은 초등학교 때부터 전국대회에 매번 1등을 하면서 학교 선생님들로부터 그 재능이 뻗어나갔다. 그리고 그는 고등학교 시절 미술반 선생님의 도움으로 서울의 명문대 미대를 장학생으로 들어갈 만큼 뛰어난 미술천재로 시골에서 소문이 자자했었고, 그는 명문대 미대를 나와서는 바로 대학의 전임 교수가 되는데 많은 시간이 필요하지 않을 만큼 화단에 뛰어난 역량을 가진 젊은 작가로 교수로 일찍 발탁이 될 정도로 그의 그림은 큰 조명을 받았다.

그런 유 교수에게는 아내, 미진이 있었고 그녀는 서울에서 꽤 큰 병원장의 딸이었다. 세련된 몸짓과 고운 목소리가 그녀의 아름다운 미모에 걸맞은 옷 같았지만, 그 옷이 유 교수에게는 점점 사계절 내내 입어야 하는 겨울 코트처럼 무거웠다. 참 이해할 수 없는 노릇이었다. 모든 것이 부유하고 안정되었고 자신은 이제 거침없이 살아도 되는 환경이었는데, 그는 자꾸만 벙어리였던 외할머니와 살던 산골 소년으로 돌아가고 싶었다.

미진이 먼저 그의 부자유함을 알아차리고 다른 남자를 만나기 시작했다. 그는 그런 아내가 속으로 고맙다는 마음이 들 정도로 그 모든 일상을 50이 되기 전에 정리하기로 마음을 먹었는데, 그 때 그의 눈에 들어온 여자는 대학 2학년 유 교수의 서양화 수업을 듣게 된 어린 제자 한재숙이었다.

재숙에게서 이상하게 어릴 때 자신이 신문지에 그렸던 하얀 양의 모습이 보였다. 약간 꼬불거리는 하얀 털을 가진 양의 등을 쓰다듬어 주면 눈이 잘 보이지 않는다는 양은 순하게 자기를 따라 풀밭을 잘도 뛰어 놀았다. 유 교수는 어릴 때 그 양하고 뒷동산을 뛰어 다니면서 놀던 때가 제일 행복했었다.

그런데 이상하게 재숙에게서 그런 어린 날의 추억이 떠오르면서 재숙과 함께 그 뒷동산에 가서 함께 마음껏 소리치고 놀고 싶은 상상이 떠오른 것은 그녀를 처음 봤을 때 밝은 달밤에 뿜어져 나오는 환한 빛의 둘레처럼 은은하게 빛이 나는 검은 눈빛과 하얀 피부 때문이었던 것 같다.

재숙은 유난히 피부가 희고 맑아서 투명한 유리병처럼 깨끗해 보이는 여대생이었다. 그 유리병에는 산골에서 피어난 이름 모를 꽃을 꽂아놓아야 어울릴 것만 같이 청초한 아름다움이 재숙의 전체적인 모습이었다.

서울의 대학에서는 약간은 보기 드문 청초한 느낌의 그 여자 아이가 자꾸만 유 교수의 눈에는 띄어 갔다. 그러나 그는 그 청초한 꽃을 한꺼번에 꺾을 마음이나 다치게 할 마음은 사실 전혀 없었다. 잘못한 것은 그날 일찍 강의를 마치고 온 종일 마셨던 술이었다. 화가들과 종일 술을 마시고 화실을 둘러보러 늦은 밤 자신의 화실로 간 것이 잘못이었다. 그리고 그날 재숙에게 자신의 화실에서 그림을 정리해 달라고 부탁했던 것을 잊었던 것이 더 큰 실수였던 것이다.

인간에게 참을 수 없는 분노를 일으키는 것 중에 하나는 자식이 남자에게 성폭행을 당했을 때라는 것을 유 교수는 재숙의 아버지에게서 배웠다. 재숙의 아버지는 유 교수를 죽이겠다고 학교 앞에 몇날 며칠을 낫을 들고 서 있었다. 농기구로 그것도 시골에서 어쩌다 쓰이는 낫을 들고 재숙의 아버지가 나타났을 때 그는 차라리 죽는 편을 선택하고 싶은 마음도 들었다.

학교를 그만두고 이혼을 하고 유 교수는 배를 타고 남해의 이름 모를 섬으로 들어갔다. 그의 배낭에는 그때 농약만 한 병이 들어 있었다. 별이 까만 밤하늘에 수 없이 노란 빛의 잔치로 환희와 웃음을 띠고 있는 이름 모를 섬의 한 구석에서 그는 밤새 혼자서 파도소리에 섞어 소주를 마셨다. 안주 하나 없는 소주를 세병 쯤 마시자 그는 농약을 마실 용기가 생겼고, 그는 농약병을 따면서 하늘에 별똥별이 바다로 빠지는 것을 보았다. 그 별똥별에서 그는 오랜만에 벙어리 외할머니와 함께 저녁이면 언덕에 매어 놓았던 양의 궁둥이를 막대기로 치면서 집으로 돌아올 때 느꼈던 아궁이속 불같은 따뜻한 온기와 행복을 느꼈다.

죽음의 순간에 이런 행복을 느낀다는 것이 너무 이상할 정도로 오랜만에 느끼는 행복한 감정이 온 몸에 취기처럼 퍼졌다. 그리고 그는 며칠 만에 어느 교회의 사택에서 눈을 떴다. 그 섬의 하나밖에 없는 교회의 사택이었다. 노 목사님 부부가 성도 몇을 놓고 목회를 하고 계시는 교회였는데, 그날 노 목사님 부부는 새벽 예배를 드리고 일찍

이 바닷가를 산책하러 나왔다가 유 교수가 죽어 있는 것 같은 모습을 발견했다고 한다.

유 교수는 처음에 발견되었을 때는 숨도 거의 쉬질 않았다고 한다. 그래서 목사님이 유 교수의 코를 빨고, 온갖 인공호흡법을 다하여 삼십 분 정도 되니 미세한 심장 박동이 시작되었고, 그가 온전히 깨어난 것은 노 목사님 사택에 업고 와서 따뜻한 방에 눕혀놓고 삼일 동안 두 부부가 정성을 다해 기도하고, 몇 명 안 되는 온 성도가 새벽마다 기도한 덕분이라고 했다.

유 교수는 처음에 자신이 살아 있는 모습을 보고 신에게 불평을 가득 실어 노 목사님 부부에게 원망의 말을 쏟아냈다.

"왜 신께 묻지도 않고 사람을 살리셨습니까? 저는 이곳에 죽으러 온 사람인데 신도 실수하신 거고, 목사님도 실수하신 겁니다."

그런 말에도 노 목사님 부부는 빙그레 웃으며 안도의 한숨만 내쉬었다. 그리고 두 부부는 지극 정성으로 유 교수를 간호했다. 몇 명 안 되는 성도들도 유 교수에게 먹이라며 전복이며 미역을 따가지고 왔고, 몸을 회복시키라고 파닥파닥 뛰는 생선들과 금방 잡아온 낙지나 멍게 해삼들을 들고 오느라 다들 바닷물 속을 드나들기 바빴다.

그렇게 남해의 이름도 알지 못한 섬에서 유 교수는 자신의 생명을 돕고 그 기쁨으로 살아가는 사람들을 새롭게 만나면서 그해 여름을 보내고 가을을 보내고 겨울을 보냈다. 그리고 그는 재숙이 아이를 낳았을 텐데 어떻게 살고 있을지 가끔씩 걱정과 근심으로 때로는 어떤 희망들이 싹이 나는 것들이 이상해서 먼 바다를 보며 뱃고동 소리에 귀를 기울였다.

유 교수에 대해 노 목사님 부부도 몇 명의 교인들도 또 부둣가나 교회를 드나드는 그 섬에 사는 사람들이나 이웃에 사는 섬사람들도 이런 저런 말을 하지도 않았고, 이상한 억측이나 시비를 거는 사람도 없었다.

그런 배경에는 노 목사님 부부의 영향이 큰 것 같았다. 노 목사님 부부는 이 섬에서 목회를 하러 오신 지 40년도 넘었고, 그들은 섬사람들의 등대지기 같은 분들이었다. 두 분은 먼 바다를 돌다 길을 잃은 뱃사공들에게 등대처럼 이런 저런 삶의 진자리 마른자리를 살펴주는 참 목자들이었다.

그래서 온 섬사람들은 그 노 목사님 부부를 사랑하고 신뢰하는 하는 분들이 거의 대다수였다. 유 교수는 자신의 신분을 전혀 밝히지 않고, 그들과 함께 바닷가에서 고기도 잡고 농사일도 거들고 교회의 비가 새는 지붕도 고치면서 저물녘이면 바닷가에서 노을을 보면서 혼자 오래도록 서 있었다.

그 시간만큼은 누구에게도 방해를 받고 싶지가 않아서 그는 늘 혼자 그렇게 노을이 지는 저녁 바다에서 오랜 시간을 해가 넘어가는 풍경을 보며 노을이 바다 속으로 완전히 들어가고 나면 캄캄한 바다를 걸어 노 목사님 부부가 사는 사택의 구석진 방으로 돌아왔다. 늙어서 등이 구부러진 사모님은 유 교수가 돌아오면 먹을 수 있게 교회 식당에 간소한 저녁상을 봐놓고 교회 예배실에서 목사님과 함께 두 분은 밤이 늦도록 기도를 하시고는 했다.

유 교수는 신의 가호나 신의 뜻을 전혀 알지 못하고 살았지만, 점점 교회의 찬송가에 가슴이 울렁이는 것 같고, 어느 새벽에는 자신의 방에서 몇 명 안 되는 교인들이 부르는 찬송가 소리가 벽을 타고 흘러 들어오면 하염없이 눈물을 흘린 적도 있었다.

그러나 그는 자신이 지은 죄에 대한 회개는 할 수가 없었고, 다만 재숙이 낳은 자신의 아이가 어떻게 되었을지 걱정이 된 적은 가끔씩 있었다. 그리고 재숙에게 미안한 마음이 들었던 정도였지, 그 이상은 생각을 할 수가 없는 괴로움이 자신의 폐부에 날마다 밀물과 썰물로 드나들었다. 그것은 괴로움이라는 밀물이었고, 고통이라는 썰물이었다.

그래서 그는 저녁노을이 지는 바닷가에 가 그 밀물과 썰물이 하나의 붉디붉은 노을로 퍼져 더 이상은 그것들이 보이지 않는 캄캄한 밤이 되면 그 하루의 고통도 괴로움도 끝이 나는 것만 같았다. 그리고 이런 고통과 괴로움은 자신의 삶이 다시 시작된 이 섬에서 언제 끝이 날지 전혀 알 수가 없이 하루를 살 뿐이었다.

그러다 그는 어느 날부터 서서히 그 저녁노을 속에서 다시 그림을 그리고 싶다고 생각했고, 그 해가 다 지나고 새 봄이 왔을 때 그는 노 목사님의 준 노트 한 권을 들고 바닷가로 나가서 스케치를 시작했다.

유 교수가 다시 그림을 그리기 시작했던 봄, 재숙은 준희를 낳고 산부인과에서 몸을 풀고 있었다. 뜨거운 미역국을 먹으며 준희라고 아들의 이름을 지어줬다. 유 준규 교수의 이름에서 '준'을 따왔다. 나중에 준희가 크면 반드시 아버지를 만나게 될 거라고 재숙은 믿고 있었던 것이다. 그가 어떤 모습으로 살았더라도 죽지만 않았다면 반드시 한번은 아들을 만나러 올 것이라고 믿었던 것이다.

그런 준희가 식물인간이 되어 누운 지 삼년 째다. 그런데 오늘 그 아들이 시를 써서 라디오 프로그램에 보냈는데, 아나운서가 아들의 시를 낭송했다니 재숙은 기뻤다.

그리고 그녀는 아들의 시가 참 좋았다. '봄이 오는 소리'라는 제목도 너무 좋았고, 시의 분위나 시어들이 살아 있는 봄의 온갖 생명들 같아서 재숙은 오랜만에 가슴이 뿌듯해졌다. 준희는 자신의 시 쓰는 노트를 엄마에게 보여주는 걸 부끄러워했다. 그런데 어디서 그런 용기가 생겨서 라디오 프로그램에 자신의 시를 보냈는지 놀랐다.

유 교수가 요즘 그리는 그림은 양 궁둥이를 막대기로 치면서 산길을 걸어 내려오는 산골 소년의 그림이었다. 파릇한 풀들이 길가에 잡초처럼 누워 있었고, 양은 풀을 마음껏 먹었는지 평온한 얼굴을 했다. 그러나 그 양의 궁둥이를 치면서 오는 산골 소년의 얼굴만은 불만이 깃든 표정이 분명한 것이 양치는 일이 고되고 외로워 보이는 그림이었다. 양치는 소년은 자신의 어릴 적 모습이었다.

가난한 산골 소년, 벙어리 외할머니와 살던 그 고되고 슬픈 어린 시절이 불만에 가득 찬 소년의 얼굴로 그려진 것이다. 진실한 자신이 내면을 그대로 그림에 드러냈다. 그것으로 그는 어릴 때 자신을 투영해 보고 싶었는지도 모른다.

그는 마지막 수정 작업을 하기 위해 판자로 만든 어설픈 이젤 앞에서 붓을 이리저리 움직였다. 그가 그림을 다시 그리기 시작한지도 벌써 15년이 넘었다. 그는 교회 창고에 그림을 수 없이 쌓아만 놨지 팔거나 전시회를 하거나 할 생각은 전혀 하지 않았다. 그것은 그 창고에서 진주가 되기 전의 조개처럼 입을 다물고 그의 그림을 감추고 있을 뿐이었다.

다만, 60세를 바라보는 유 교수의 머리칼은 점점 하얗게 변해서 80이 넘은 노 목사님의 흰 머리카락의 절반 정도는 닮아 있었다. 노 목사님은 성도가 열 명도 되지 않는 이 섬에 새로운 목회자가 아무도 오지 않기 때문에 아직도 교회와 사택을 지키고 계셨다.

　그러나 노 목사님이 젊어서 이곳에 부임하고 처음 한 십년 동안은 새로운 목사님이 오시기를 간절히 기도했지만, 그 후에 50년이 넘도록 한 번도 새로운 목사님이 오질 않았기에 그분은 이제 새 목회자를 놓고 기도는 하지 않는다고 했다. 낡은 사택과 몇 명 안 되는 성도들 때문인지 면접을 본 새 목사님들은 다시는 섬에 오질 않았기 때문이다.

　그림을 그리던 유 교수는 옆에 두었던 라디오에 볼륨을 높였다. 노 목사님이 교회 창고에서 그림을 그리는 그에게 심심할 때 들으라면서 갖다 준 오래된 구식 라디오였다. 그렇지만 성능만큼은 좋아서 전파만 방해받지 않으면 밤새도록 이 방송 저 방송 다이얼을 돌리면서 음악을 들을 수가 있어서 아주 좋았다.

　주로 세미클래식이 나오는 한 음악프로그램에 주파수를 맞추고 그는 그림을 그렸다. 가볍지 않으면서도 부드러운 아나운서의 목소리가 전파를 타고 흘러 나왔다.

　오늘도 준희라는 중학생이 또 시를 보내왔는데요,

　제가 한번 낭송해 드리겠습니다.

　시가 아름답게 흘러나왔고, 아나운서는 준희라는 애청자의 사연을 짧게 전했다.

　네 준희 학생은 중학교 1학년 때 학원 친구들에게 폭행을 당하고 온 몸이 사지가 마비되는 병이 생겼다고 합니다. 그리고 지금은 침대에서 누워만 산 지 3년이 지났고, 요즘은 시를 쓰면서 시간을 보내고 있다고 하지요. 준희 학생에게 청취자 여러분, 마음의 격려에 박수를 보내 주시길 바랍니다.

그런데 최근에는 자기를 때린 친구 중 한 명이 학원 건물에서 뛰어 내려 자살을 시도했었다는 소식을 우연히 옛 친구들에서 들었다고 하네요. 준희의 마음이 너무 아플 것 같습니다. 화가를 하시다가 준희의 치료비를 벌기 위해 오늘도 미술 학원에서 열심히 아이들을 가르치고 계시다는 준희의 어머님께도 힘과 용기를 드리고 싶습니다.

유 교수는 순간 붓질을 하던 손을 캔버스에서 내려 놨다. 무엇인지 커다란 망치가 자신의 가슴을 쾅쾅 치는 것처럼 아팠다. 재숙이 낳은 아이가 분명 지금 컸다면 16살이 되었으리라는 분명한 나이를 그는 하루도 잊은 적이 없었다.

그런데 자신의 아이와 같은 나이의 사춘기 소년이 식물인간으로 살고 있다고 하고, 그것도 그를 폭행한 친구는 또 학원 건물에서 뛰어 내렸다고 하는 충격적인 사연 때문인지 그의 엄마가 미술학원 원장이라서 그런 건지 모든 것이 종합선물 세트같이 자신에게 갑자기 배달되어 온 것 같지만, 뜯어서 그 선물을 확인하기엔 어쩐지 너무나 두려운 선물 같은 느낌이었다.

그러나 유 교수는 이상하게 준희라는 중학생, 시를 써서 방송국에 보냈다는 청취자, 그 아이가 자신의 아들일지 모른다는 예감이 강하게 들었다. 이것이 예감이라면 기적인가, 아니면 엄청난 불행인가? 유 교수는 그런 생각을 할 수조차 없었다.

그저 오로지 준희가 자신의 아들이기만을 간절히 바라고 싶을 뿐이었다. 식물인간으로 누워서만 산다고, 그래도 그에게는 너무 간절히 만나보고 싶은 아들이 되어 있던 것이었다. 유 교수는 준희를 만나볼 방법을 찾아보기로 했다. 그러나 너무나 두려운 일이라서 그 시작은 아주 미세하게 하고 싶을 뿐이었다. 선뜻 그들 앞에 나설 용기는 전혀 나질 않았다. 그 조차도 이제 겨우 숨을 쉬고 사는 중이니까 말이다.

노 목사님이 산에 나무를 하러 가자고 아침부터 서둘렀다. 눈이 조금 쌓여 있긴 했지만, 오히려 산속은 눈 때문인지 포근하고 하얀 설원이 아름답기 그지없었다. 삭정이를 부러뜨려서 톱질을 하고 리어카에 싣고 오는 것이 둘이 하는 일이었다. 겨울이면 교회 안에도 화목 보일러에 불을 때야 하고 사택도 화목 보일러라서 양쪽에 불을 지피려면 땔감을 수시로 산에서 해야만 했다. 성도들이 노 목사님 힘들다고 나무를 해오기도 하고 전기난로를 사다 났지만, 노 목사님은 틈틈이 유 교수에게 나무를 하러 가자고 하고 산속으로 그를 이끌고 들어왔다.

노 목사님은 유 교수에게 적당한 노동이 오히려 그림에 큰 정신적 해소 작용이 된다는 걸 아시는 것 같았다. 유 교수는 산속에서 삭정이를 부러뜨리고 톱질을 하는 것이 신선놀음이라도 되는 양 기쁘고 행복했다.

잔가지들이 저절로 부러져서 산속에 길을 막고 눈 속에서 번듯하게 누워서 얌전이들 있었다. 산은 그저 흰 눈 속에서 숨겨진 야생화처럼 평온했다. 노 목사님은 땀이 흐를 정도로 열심히 잔가지들을 주워 모으고 삭정이를 부러뜨리며 톱질을 해댔다. 두어 시간 산속에서 나무를 하다 보니 금세 리어카가 넘치도록 나무가 쌓였고 두 사람은 동아줄로 단단히 묶어서 유 교수는 앞에서 리어카를 끌고 노 목사님은 뒤에서 밀면서 교회 창고로 나무들을 끌어다 났다.

유 교수는 나무를 다 내려놓고 노 목사님에게 이렇게 말했다.

"제 아들인 거 같은 중학생의 사연을 알게 되었는데, 그 애가 식물

인간이나 마찬가지로 사지가 마비되어 있다고 하네요. 찾아봐야 할 것 같아요. 기도해주세요."

"음……. 사람의 인연 중 가장 질기고 끈적한 것이 부모와 자식의 핏줄인데, 살아 있는 자식을 이제는 찾아봐야지. 그 애가 식물인간이 되었다면 더군다나. 더 빨리 찾아봐야, 무슨 사고가 났었나 보네."

"네 학교에서 학폭을 당했다고 하네요. 그렇게 된 지 3년이나 되었다고 하니 애 엄마도 많이 힘들었을 거 같고, 제가 적극적으로 찾아나서야 할 것 같아요."

"그럼, 당연한 일이지. 어서 서둘러 보게나. 하나님은 스스로 돕는 자를 돕는다고 했으니 자네가 움직이면 하나님도 아들을 만날 수 있도록 도와주시겠지."

"네 알겠습니다. 떨리기도 하고 두렵기도 하지만 이젠 목사님이 그동안 절 보살펴주신 것처럼 저도 제 아들을 보살피고 살면 되겠죠."

"내가 뭘 했다고 그러나. 다 하나님이 하신 일이지. 자네가 여기서 이렇게 썩고 있을 사람은 아니었지만, 그동안 그린 그림도 더 이상은 숨겨 놓지 말게나. 다시 실력 발휘를 하고 화가로 살아가야지. 언제까지 숨어서만 그림을 그려야 하겠어. 무슨 일인진 잘 몰라도 그동안 죄 값은 다 치른 셈이네. 여기서 숨어 살면서 회개도 많이 했고, 나와 교인들을 위해 수고도 많이 했으니 말이여. 그게 다 교회를 도운 일이니까 하나님이 그 속죄의 삶을 어느 정도는 용서하셨다고 보네."

"부끄럽습니다. 저는 큰 죄인이었고, 앞으로도 사실 살아가는 동안 그 죄를 다 속죄하고 살기는 힘든지도 모릅니다. 그러나 준희라는 사지마비가 된 중학생이 제 아들이라면 정말 하나님은 제 편이신 거죠.

저에게 또 속죄할 시간을 허락해주시는 거니까요."

"자네가 정말 많이 신앙이 성장하고 성숙했구먼. 난 이제 자네를 내 아들이라고 생각하고 살아서 그런지 오늘 또 손자까지 한 명 더 얻은 기쁨이 오네 그려. 어서 서둘러서 찾아보게."

그 후, 한 달 후 유 교수는 준희와 재숙을 찾을 수 있었다. 방송국에 다니는 후배 국장에게 17년 만에 유 교수가 전화를 했던 것이다. 그리고 그는 다짜고짜 모 방송국에 이런 저런 프로그램에 사연을 보낸 준희라는 학생을 찾아달라고 부탁했다. 그리고 그 후배 국장에게서 온 전화번호를 가지고 그는 재숙의 미술 학원을 찾아갔다.

눈이 하염없이 쌓이던 한 겨울에 재숙은 미술 학원에서 아이들을 가르치고 있었다.

재숙이 암으로 얼마 남지 않은 인생이란 것을 알고 유 교수는 재숙과 준희를 데리고 섬으로 돌아왔다. 유 교수와 재숙과 준희는 교회의 사택 근처에 예쁜 집을 하나 새로 지었다. 마당이 넓은 집에서 세 사람은 일 년을 함께 살았다. 재숙은 그 집에 여러 꽃들을 심어 놓고 유 교수가 전시회를 열도록 도와주고, 준희가 시집을 낼 수 있도록 책 표지를 아주 멋지게 그려주고는 잠들 듯이 천국에 천사들에게 둘러싸여 평온하게 하늘나라로 갔다.

재숙은 유 교수에게 마지막 유언을 남길 때 이렇게 말했다.

"당신의 금지된 섬에도 봄이 왔나 봐요. 창밖에 봄의 소리들이 들려와요. 우리 준희의 '봄이 오는 소리'라는 시처럼……. 아이들 소리, 강아지 소리, 꽃이 말하는 소리, 새가 우는 소리. 이런 저런 봄에 소리가 들려오네요."

재숙은 그렇게 떠났다. 섬이 하얗게 잠길 만큼 폭설이 오던 겨울밤에. 그 날의 폭설에는 19년 전 유 교수가 금지된 선을 넘어 양심을 버리던 날의 치욕을 다 덮어 주시던 노 목사님의 위로의 말이 남도 끝 섬마을을 고요히 덮어 내렸다.

　"이 세상에 왜 왔다가 가는지 아세요? 하고 나에게 물으면 나도 답을 잘 못해요. 그런데 이 말은 해주고 싶어요. 주의 생각은 깊으시다고. 그래서 우리 인간이 생각하는 것보다 그의 생각은 매우 깊으시다 말하고 싶어요."

　그 후로도 불장난 같은 봄은 언제나 멀리 떠나는 배들을 배웅하며 남해의 섬 자락을 자운영꽃으로 물들여 갔다.

소설가 권길주

66년, 충남 아산 출생.
추계예술대학교 문화예술경영대학원 영상시나리오학과 중퇴.
96년 KBS 본사 라디오 작가로 출발해 15년 동안 방송작가로 활동함.
95년. 시 전문잡지 '심상'으로 시인 데뷔.
2000년, 한국문화예술진흥기금. 시 부문 천만원 수혜.
2003년. 첫시집 『사막에서 별까지』 발간.
방송경력.
KBS 라디오 '밤을 잊은 그대에게' 특집 드라마 작가.
KBS 라디오 '열린 아침 정용석입니다.' 작가.
KBS 라디오 '이영권의 경제 포커스' 작가.
KBS 라디오 ' 다큐멘타리 이사람' 작가.
그 외 KBS 라디오에서 다수의 다큐와 프로그램에 참여.
국군방송 작가와 현대자동차 사내 방송 작가,
국가기관 영상 제작에도 참여했었음.
2019년부터 세종시 교육청 강사로도 활동함.

정의正義의 오만傲慢

현 의 섭

유전 형질이 부모로부터 자식에게 전이되는 비율이 50대 50이라는 생물학 시간의 기억이 남아 있는 까닭은, 내 아들에게서 그 아비와 이 어미를 볼 수 있기 때문이리라.

나는 외아들을 홀로 양육하였다. 서른에 임박한 아들은 건강 체질이 아닌 갱년기의 홀로 사는 이 엄마가 염려되어 신혼집도 가까이 얻고 매일 두어 번씩 전화하고 이틀에 한 번쯤은 얼굴을 보인다. 그에게 복제된 그 아비의 나에 대한 사랑은 어떤 아내도 경험하지 못하였을 그야말로 극치였는데, 내 아들도 어미 사랑과 아내 사랑이 유별나다. 아들의 외모는 그 아비를 빼닮았으며, 내면세계는 이 어미와 거의 일치해서 경이롭다. 그 아들이 군에서 만기 제대한 두어 달 후 처음으로 여자를 데려왔다.

"엄마, 류슬(柳瑟)이야. 이름 예쁘지? 버드나무 류에 큰 거문고 슬. 구슬 슬, 곱다 슬, 많다 슬, 엄숙하다 슬, 쓸쓸하다 슬--. 슬자 하나에 이렇게 여러 의미가 있다는 걸 처음 알았어. 류슬이는 국보 132호 징비록(懲毖錄)을 기록한 조선시대 문신 류성룡, 그 명문가 후손이야."

자랑스럽구나. 내가 네 아비를 처음 만났을 때 가난한 상인의 딸인 나는 그 골목 안의 가장 번듯한 주택에 사는 금테모자에 어깨와 가슴에 계급장인지 훈장 같은 게 번쩍이는 경찰간부와, 그의 잘 생긴 아들이 부러웠다. 갈증이 물을 찾게 하는 거지. 그 아들이 어느 토요일 저녁 집에서 나오다가 나를 발견하고 교회에까지 따라와 맨 뒷자리에 엉거주춤 앉았다. 토요일 밤의 정기 청년회 모임이었다.

"저 뒤에 처음 오신 분, 앞으로 잠깐 나와서 자기소개해 주시죠."

그는 사회자인 나만 주목하다가 기다렸다는 듯 성큼성큼 사내답게 앞으로 나오더니 허리까지 굽혀 인사를 하고 당당하게, 그래, 그는 뻔뻔스러울 만큼 당당하게 정확한 발음으로 자기를 알렸다. 골목 안 건달로 보였던 그가 교회까지 나를 따라 들어온 것은 순전히 나와 엮어보려는 수작임을 나는 안다. 그를 처음 만난 3년쯤 후 그의 이름을 내 입에 올리지 않기로 작심한 사건이 있었고, 결코 그 이름을 내 입에 올리지 않았다.

"우리 집은 여기서 십 분 거립니다. 할머니는 광신자구요, 부모님은 집사구요, 저는, 할머니에게 마귀새끼 소리 듣기 싫어서 교회에 다닐 뿐, 믿음은 없습니다. 믿어졌으면 좋겠는데 안 믿어집니다. 모세가 바다를 갈랐대요. 이백 만이 넘는 히브리인들이 40년을 광야에서 헤맸는데 매일 하늘에서 양식이 내려왔고, 40년간 신발이나 옷이 원형을 유지하였고, 그뿐인가요? 시골 목수 출신의 예수라는 사람이 문둥이에게 깨끗해져라, 소경에게 눈이 떠져라, 죽은 사람에게 일어나라 하면 즉시 그대로 되었다는 거잖아요. 처녀에게서 태어난 그가 하나님의 아들이라는데, 여러분은 정말 그게 믿어집니까? 나도 제발 그런 게 다 믿어졌으면 좋겠습니다. 그런 황당한 이야기를 설교라는 이름으로 들어야 하고……. 우리 할머니처럼 믿어졌으면 좋겠어요. 믿어지게 도와주세요. 부탁입니다."

　모두들, 나도, 손바닥에 불이 나도록 한참 동안 박수를 보냈다. 나는 솔직한 고백을 높이 평가한다고 그를 추켜 주고 그가 원하는 대로 이루어지도록 우리 합심해서 기도합시다, 했다. 그 날, 나는 그의 정중한 요청에 따라 대로변의 제과점에 마주 앉았다. 그의 솔직한 발언이 성격일수도 오기일수도 있겠으나 그의 희망대로 될 지어다. 빵과 음료를 앞에 놓고 나는 마음으로 기도하였다.

　"너 회장이니?"

　건방진 자식. 너라니. 즉각 반응하였다.

　"너 몇 학년?"

　"4학년."

　"내가 대학 다녔으면 작년에 졸업했어. 누나라고 불러. 그리고 질문에 답한다. 난 총무야. 회장은 오늘……."

　"그건 묻지 않았어."

　속으로 이 자식 봐라 했다. 그날부터 그는 본격적으로 나를 자기 시야에 가두려는 듯 내 주변에서 서성거렸다. 귀찮거나 무례하기는커녕 잘 보이려고 애쓰는 모습이 싫지 않았다.

　가난 때문에 상업고등학교를 졸업하고 작은 회사의 경리 사원이었던 나는 퇴근길에 버스정류소에서 기다리는 좋은 집과 높은 지위의 경찰관 아들이 싫지 않았다. 더하여 잘 생긴 외모에 호감이 갔다. 만나는 횟수가 빈번해졌다.

　"난 네가 그 아버지의 그 아들이면 딱 좋겠어."

　"우리 아버질 봤구나. 난 네가 좋아하는 사람이 되어야 하니까 그렇게 되는 건 내 운명이야. 믿어도 된다. "

　"너를 위해서야."

　"우리를 위해서. 나 장로 되라고 했지? 약속. 나 장로 된다. 아직 믿음은 없지만 일단 약속한다. 난 미래의 장로야. 난 약속 지켜."

　"너 자세부터 바꿔. 학점 별루지? 되고 안 되고는 이차적이고 일단은 본분을 의식하고 최선을 다해. 이 충고, 나도 절대다."

　나를 만나면서부터 그는 조금씩 가시적으로 변해 갔다. 골목에서 건들거리지 않았고 까발리는 직설어법이 점진적으로 순화되었다. 나의 환심을 사려는 의도겠으나 나는 신뢰가 가지 않는 가벼운 그 인간을 품격 있는 인격체로, 그가 원하는 신앙인으로 세운다는 이중적 명분으로 나를 설득하며 그를 만났다. 그러나 실은 만날수록 그가 점점 좋아져서 만나지 않을 수 없게 되어 갔다. 그가 졸업을 앞둔 어느 날이었다.

　"넌 참 대단하다. 네 말은 곧 너의 진리? 너의 정의? 성경에 나오는 바리새인 같다고 하면 모욕인가? 그러나 넌 타인에게 엄격한 율법의 자를 대는 바리새인과 반대로 너 자신에게 엄격한 자를 대는 바리새인? 아무튼 넌 너에게 매우 엄격한 게 사실이야. 물론 좋다는 의미야. 넌 품위 있고, 카리스마…… 그래, 카리스마가 있어. 가난한 상인의 딸이라 상고(商高)만 나왔다지만 마치 하녀를 부리는 귀족의 영애랄까. 윤리, 도덕, 요즘 애들 같지 않게 그런 게 확고해. 신앙도 좋고 너는 네가 말한 그대로 하고, 정의로운, 맞아, 넌 정의롭다는 게 언행에서 팍팍 느껴져. 나도 널 닮아야겠다. 바르게 살아야지."

　그는 그의 말대로 하였다. 우리는 주말이면 교회에서 멀지 않은 여의도 샛강에서 산책하였다. 사랑한다는 말은 없었다. 나는 여자의 자존심 때문에, 그는 내가 자기를 선택하였다는 확신이 서지 않아서였을 터이다.

그러더니 졸업과 동시에 그는 내게서 증발하였다. 한 마디 말도 없이. 하도 궁금하여 그의 집 주변에서 몇 번 출입자를 살피기까지 하였다. 금테모자의 아버지도 어머니로 보이는 부인도 광신자라는 할머니에게서도 전혀 어떤 낌새를 느끼지 못하였다. 졸업하면 즉시 군대에 간다고 하였으나, 내게 말 한 마디 없이 그리하였을 까닭이 없어 참을 수 없는 궁금증으로 한동안 숙면을 잃었다. 도대체 뭐지? 어떤 효과를 위한 기획된 연출? 그러나 그의 증발기간이 길어질수록 나의 가슴에 의문부호가 쌓여 갔다. 나는 그가 나를 콕 찍어놓았으며 절대 포기하지 않는다는 확신을 품고 있었다. 치밀하게 연출되고 치열하게 연습된 아마추어의 연기로는 나를 속이지 못한다는 것을 그가 모를 리 없다. 졸업을 한 달 앞두고 반드시 나와 결혼할 거라고, 한다고, 이건 약속이고 맹세라고, 너에게 거부당할 수 없는 사랑이라고, 정말 다부지게 선언한 그였다. 내가 거부해도 포기는 없다고, 난 정말이지 너를 지독하게 사랑한다고 강조하였다. 그래서 나는 네 마음에 꼭 들도록 노력한다고, 네가 나를 선택하도록 하겠노라고, 이건 진지한 나의 약속이고 맹세라고 강조하였는데, 그 진정성이 내 가슴에 각인되었는데.

내 아들의 결혼은 나를 우울하게 하였다. 아들과 둘이서만 살아온 긴 세월인데 그가 신부와 분가하니 너무 허전하여 방 두 개짜리 소형 아파트가 너무 허전하게 느껴졌다. 아들은, 류슬이도, 나와 함께 살겠다고 나를 설득하였으나 그들의 행복을 위하여 분가시켰다.

익숙한 외로움으로 나는 편안하였다. 그 후 나는 내 선택을 후회하지 않고 2년 넘게 바르고 강하게 살아왔으나, 표면적 평안과 내면적 파열음의 괴리는 그 자체만으로 사실상 중병이었다. 외롭고 슬프고 우울하여 내 일상은 어두웠다. 문득 그 고약한 남자의 모습이 자꾸만 어른거렸다.

개 자 식 - .나는 나의 남편이었던 그의 이름을 내 입에 올리지 않는 데 익숙하다. 그 결심은 확고하며, 그에게 그렇게 선포하였고, 그건 엄숙한 선포였다-,

혹 네가 약속한 대로 장로가 되어도, 너와 내가 죽을 지경에 이르러도 나는 네 얼굴을 다시는 보지 않을 것이며 네 이름을 부르지 않을 것이며, 그리하여 너와 나는 완전한 단절이라고 독하게 선포해준 그 날 이후 변함없이, 후회 없이, 고독을 끌어안고 몸부림쳐 살아온 긴 세월이다.

그는 개자식이다. 나는 그를 개 자 식- 이라고, 한 자 한 자 떼어서 발음한다. 증발한 그를 1년 만에 다시 만났을 때 생긴 좋지 않지만 습관이다.

"너, 나 쁜 자 식 -."

나는 사실 놀랐고, 나를 향한 애정의 진정성에 감동받았다. 그 날 이후 나는 결정적인 중요한 말, 취소도 무효도 될 수 없는 절대적인 선언을 가장 단호하게 표현하는 방법으로 한 자 한 자를 끊어서 힘주어 말하였다. 어떤 내용이든 내가 그런 식으로 말하면 그건 확고부동한 결론이었다. 그 개자식이 벌벌 떨었다. 일곱 번씩 일흔 번이라도 용서하라는 성경 인용으로 적당히 사면 받고 넘어가려다가 실패한 경험이 그에게 있다.

대학 졸업, 이어진 증발, 그리고 1년이 지난 후 그가 내 앞에 모습을 드러냈을 때는 검정색의 아주 말끔한 정장 차림의 멋진 신사였다.

경찰관 정복 차림이 너무 멋져 보였다.

"너, 뭐 야! 경 찰?"

"대한민국 국가공무원이야. 경찰간부교육 1년 받았어. 기쁜 소식줄께. 그동안 성경 세 번 읽었어. 이젠 성경대로 다 믿어져. 네 덕분에. 고맙다."

그 아버지의 그 아들, 믿음직스럽고 잘 생긴, 내 마음에 들게 하겠다던 그 말을 실천한 남자, 신사, 그의 애정과 인격에 신뢰가 듬뿍 갔다.

"그동안 가장 힘든 건 교육과 훈련이 아니라 미치도록 네가 보고 싶은 거였어. 매일 매일이 네 생각이었어. 내가 이토록 끔찍하게 너를 사랑하는 거, 나도 놀랐어. 끔찍한, 지독한, 에드워드 8세의 왕관을 벗게 한 심프슨 부인 사랑, 솔로몬 왕의 포도원 노동자 술람미 여인 사랑, 너를 향한 나의 사랑, 너 없는 이 세상은 상상불가야. 우리 결혼하자. 사랑해. 당장 결혼하자. 난 너만 있으면 세상 다 갖는 거야. 너만이 나의 행복, 나만이 너의 행복, 우린 그렇게 행복할 거야. 사랑해."

충분히 연습한 신파연극의 대사 같지만 틀릴 수도 있는 나의 판단은 내가 느낀 그의 진정성을 듬뿍 신뢰하였고, 그를 선택하였다. 우리는 결혼을 약속하였고, 사랑하였고, 짧은 준비기간을 거쳐 부부가 되었다.

그의 나에 대한 사랑이 최고 수준임은 사랑받는 내가 실감하니까 과장이 아니다. 그랬는데 부부가 되고 2년쯤 되었을 무렵 나의 사유 작용이 한순간에 분열되는 충격으로 온 몸에 극심한 발작적 경련이 일어났다. 아들이, 우리의 아들이, 사랑하는 류슬이의 남자가 된 그 외아들이 태어난 지 15개월째의 화창한 주말이었다. 그가 귀가할 시간을 훨씬 넘긴 심야였다.

"일주일 비상근무야. 이 상황이 외부에 노출되면 안 돼. 난 안전해. 아무 걱정 말아."

"일주일이나? 알았어. 많이 불편하겠네."

걱정은 안 되었다. 그는 치안 일선의 경찰관이니까.

이틀이 지났을 때 그의 일상적 패턴이 파괴된 게 걱정되었다. 그는 잠자리에 들기 전에 맹세라도 한 듯 어김없이 샤워하였고 아침마다 속옷을 갈아입었다. 귀가하면 하녀처럼 머슴처럼, 심지어 내 몸까지 다 씻어주고, 손톱 발톱을 깎아주고 다듬어주고, 귀지를 파주었다. 설거지와 청소도 깔끔하게 하였다. 집에서의 남편은 하인을 방불케 하였다. 나는 할 일이 없었다. 나를 사랑하는 남편, 남편을 사랑하는 아내. 우리 부부는 세상에서 가장 사랑하는 부부, 가장 행복한 가정이었다.

비상근무 사흘째의 아침, 나는 그의 속옷들을 챙겨 들고 그의 근무처로 갔다. 매일 갈아입는 속옷을 사흘이나 계속 입은 그가 걱정되어서다. 가면서 문득 일상이 파괴되는 예측불허의 돌발변수도 있다는 걸 실감하였다. 더구나 그의 근무처인 경찰서에 간 배려행위가 우리 운명의 완전한 파국이 될 것을 내 어찌 예상하였으랴. 처음 간 그의 근무처는 비상상황이 어떤 것인지 나로서는 모르지만 일상적인 평온이 지배하고 있었다.

모든 사람에게 파국의 날도 행운의 날도 있지만, 그 날은 나의 인생에 없어야 할 날이었다. 그가 한 주간의 휴가를 제주도에서 보낸다고 떠났다는, 경찰 정복의 발음도 정확한 전달자의 표준말을 내가 잘 못 들었을 리 없다. 제주도 휴가? 이내 손발에 경련이 일어났다. 한 발자국도 옮기지 못하였다. 그러나 나는 특유의 침착성을 빠르게 회복하였다. 휴가 소식을 전해준 경찰관에게 남편의 외도를 민감하게 느끼는 아내의 자존심 붕괴를 들킬 수 있는 비상사태를 만난 이성이 예민하게 급속히 작동하였으리라. 휴가, 일주일, 제주도……? 여자? 여자? 여자야. 개 자 식 -.

직감이다. 과도한 충격으로 지각체계에 분열이 일어난 듯 분별력이 증발하였다. 침착, 침착해라, 침착하라고 겨우 내게 부탁하며 엉거주춤 그 자리를 떠났다. 나를 속인 일주일의 제주도 여행? 오감이 예민한 나는 제 6감마저 신속히 작동하여 확고하게 단정하였다. 불쾌한 개념들이 내 작은 머리통에 충만해졌다. 너만 사랑해? 너는 나만의 술람미 여인? 너는 나의 행복? 개 자 식 - 너는 나에게 영원히 개자식이다. 그가 모습을 드러내는 순간 나는 발작이 일어날 터이다. 넌 나를 휴지처럼 갈기갈기 찢어 쓰레기통에 유기했어. 네가 가장 사랑하는 여자를 너의 쓰레기통에 네가 직접 찢어 던져버렸어.

이 개 자 식 아 -.

어미의 보호본능으로 그의 귀가까지 어린 아들만 챙겨주며 나는 사실상 나를 유기하고 있었다. 그가 돌아오면 즉시, 단호히, 나는 단호하다, 단호히, 파국을 선언하리라. 나는 날짜 가는 걸 잊었다. 중학교 2학년 때부터 단 한 번도 빠지지 않은 주일예배도 잊었다. 확인된 사실은 아무 것도 없으나 나의 결론이 적중한다는 확신에 나는 매몰되었다.

그는 주일예배가 진행되는 시간에 빈집으로 알고 들어왔다가 나를 보자 귀신을 본 듯 놀라며 경직되었다. 나는 그를 바라보지 않았다. 침착하자고, 침착하라고, 나를 세뇌하고 있었다. 그의 첫마디는 교회 안 갔네-였다.

나는 반응하지 않고 침착과 냉정만 나에게 주문하였다. 한바탕 싸움판이나 벌일 시시한 사안이 아니다. 냉정하게, 침착하게, 진지하고 엄중하고 단호하게 결론만 내려야 된다고 입을 다문 채, 그를 돌아보지 않은 채 나는, 그러나 치를 떨고 있었다. 분노가 임계점에 올라 폭발 직전이었다.

"다 말할게……."

"닥 쳐, 개 자 식 아. 난 다 알 아 -."

이어서 책상의 육법전서 밑에 준비해 두었던 종이 한 장을 그에게 내밀었다. 그 얼굴이 조금은 야위었다. 개 자 식.

"신혼여행? 여기 이혼서류 목록과 절차까지 정리했어. 최단시간에 종결지어. 위자료 필요 없다. 이 집은 네 부모님이 너와 나의 공동명의로 등기한 거니까 급매로 처분해서 반은 내 거처 마련에 쓴다. 나 돈 벌어야 사니까 아들 양육은 당분간 만……(눈물 보이면 안 된다고 나를 윽박지르고, 질렀다), 할머니에게……. 양육조건만 되면 내가 데려 가. 아들은 내가 나처럼 바르게 양육할 거야. 너 같은 아빠는 너 같은 아들을……."

"내 말 좀……."

"그 여자가 누군지 난 알고 싶지 않아. 그러나 내 요구대로 안 하면 너의 간통죄를 묵과하지 않겠어. 경찰간부 너, 4급 서기관 총경 너의 아버지……. 너의 인생이 어떻게 전개될지 충분히 감잡힐 거야. 내 요구대로 집행해. 이혼절차 완결된 후 난 어떤 상황에도 절대로,

절 대 로 -, 너 를 안 봐 -. 네 이 름 안 불 러. 너도 나 볼 생각 하
지 마라. 명 심 해 -. 반 복 안 해 -. 실행해."

내가 제시한 조건에 덧붙여 '형법 241조와 229조 간통죄 2년 이
하 징역. 그 여자가 미혼이라도 네게 배우자가 있다는 걸 알고 있었
다면 처벌받아. 혼인관계의 해소 후에 내가 너희 둘 고소할 수 있어
라고 또박또박 쓰고, 그러나 '이혼으로 종결한다'를 고딕체 큰 글씨로
덧붙였다. 그는 나의 결단대로 그야말로 엄숙히 실행할 것을 의심하
지 않아도 된다는 게 나의 확신이었고, 그리 되었다.

그가 여자와 휴가를 갔다는 사실 확인은 없지만 마치 목격자 같은
확고한 나의 단정은 그의 반응으로 입증되었다. 비극이다. 그런 과정
을 겪고서야, 나는 내가 독하다는 사실을 확인하면서 탈진되어 갔다.
방 한 칸 마련하고, 작은 회사에 경리사원으로 취업하기까지의 긴 날
들을, 나는 매일 울다시피 하였다. 그가 나를 정말 끔찍이 사랑하였
다는 그 사실을 인정할 수밖에 없어서 울었다.

어떻게 다른 여자와 한 주간의 밀회를 즐길 수 있을까. 혹 권태기
였을까? 아닐 것이다. 예민한 나는 그에게서 그런 증상을 전혀 감지
하지 못하였다. 내가 감지하지 못하였을 뿐이라면, 완벽한 그의 연기
에 속은 게 사실이라면, 그건 그가 나에게 줄 수 있는 최고수준의,
비길 데 없는 모독이다. 이리저리 생각하면 분노로 심장이 파열될 지
경이다.

한편으로는 그에게 변명할 기회라도 주고 재범의 경우 절대 용서
없노라고 일갈할 것을, 한 번의 기회는 주었어야 옳았다는 일말의 후
회가 있어 울었다.

나는 진짜 크리스천이 못 된다는 회의가 작동한 눈물이기도 하였다. 15개월 된 그 어린 아들이 너무 그립고 그리워서 보고 싶고 또 보고 싶어서, 보고 싶은 걸 포기할 수 없어서, 서럽게 자꾸만 눈물을 흘리다가 이내 이불을 덮어쓰고 통곡하며 몇 날을 보냈는지 모른다. 나는 강한데 실은 약하다는 확인이 나를 한결 서럽게 하였다. 이래서야 나 홀로 어찌 내 앞의 긴 세월을 감당해낼지 두렵기도 하였다.

그 결별로부터의 2년여는 20년만큼이나 긴 인고의 시간이었다. 고독한 환경을 개선할 도전은 두려웠고, 내가 할 수 있는 일자리 획득이 학력미달로 번번이 좌절되어 절망적이었고, 방을 얻고 남았던 돈이 시간과 비례하여 소진되는 게 두려웠다.

출생 15개월에 떠나온 그 아들이 절절하게 보고 싶은 모정의 기갈은 나를 탈진시켜 갔다.

거리에서나, 이력서를 들고 찾아다닌 여러 회사에서, 그 개자식 또래의 체형과 외모가 비슷한 활기찬 사내들이 처량한 내 시야에 들어올 때면 나는 감당할 수 없는 모독을 안겨준 그 개자식이 내게 접근해오는 착시로 분노하여 눈을 감았다.

내가 싫다. 내 인생을 극도로 모독한 그 개자식이 문득 생각나다니. 그러나 그는 진정, 내가 체감한 실체로, 나만을 사랑한 그 사랑을 부정하지 못하였다. 그래서 나의 분노는 감소되지 않았고 고독의 아픔은 증폭되었다.

문득문득, 그 여자의 정체는 무엇일까. 얼마나 미인일까. 나도 미인 소리 듣는데. 나만 사랑하던 그 남자를 개자식으로 전락시킨 그 여자는 관능적일까? 속살 드러나는 젖은 슬립으로 풀밭에 엎드려 책을 보는 끔찍하게 야한 미성숙 청순미와 섹시미의 롤리타, 아버지뻘의 엄마의 남편이 첫눈에 몰입하게 된 그 어린 롤리타거나, 그럴까? 우리가 그 영화를 함께 보았지. 롤리타를. 그랬을 거야 아마. 개자식은 나의 흔치 않은 품위에 미모를 겸한 모습에 반했다고 하였으니, 아마도 본능적으로 육감적인 여자에게 미혹 되었을 게 빤하지. 힘써 유혹하였으리라.

그 개 자 식 이……. 고통이 길어질수록 개자식을 향한 증오가 증폭되는 건, 싫지만 그리 되어 갔다. 개자식의 그 미확인 사건은 나를 분노의 임계점에 세웠다. 그런 내가 싫었다. 외로움과 고통과 염려가 수반된 2년여가 흐른 후에야 나는 작은 회사의 경리사원으로 채용되었다. 염려 한 가지가 해소되었다. 출근하고 일하고 퇴근하는 일상의 리듬으로 정서가 서서히 안정되어 갔다. 거리를 두었던 가족들도 찾고, 이혼 후 단절되었던 학창시절의 친한 친구와도 만났다. 이쯤 되자 출생 15개월 만에 시집에 맡겨진 그 아들을 데려오기로 결단하였다. 나는 한다면 하는, 그런 건 좀 문제라고 느끼면서도 한다면 하였다. 네 돌이 가까워졌으니 어린이집에 맡기면 직장생활이 무난하다는 판단이었다.

개자식의 근무처로 전화하였다.

"나, 이제 안정적이야. 아들을 내가 잘 키울 거야. 데리고 와. 너를 안 볼 거니까, 아들을 매개로 유치한 짓 말아."

엄숙하게 명령하였다. 장소와 시간을 알려주었다. 나를 나보다 더 잘 안다고 강조하는 친한 친구를 보내어 아들을 데려왔다. 훌쩍 큰 똘똘하고 잘생긴 아들이 엄마를 낯설어 했다. 사랑스럽고 귀여운 나

의 아들이 어쩌면 그 아비의 판박이인가. 내 형상은 아들에게 없었
다.

결혼 3년차의 아들이 어느 날 불쑥 내 가슴을 철렁 내려앉게 하였
다.

"류슬이 고집 안 변해 엄마. 나 노력했는데. 내가 변할 게. 난 절대
이혼 안 해. 그건 안심해 엄마."

나는 아무것도 묻지 않고 묵묵히 아들의 얼굴을 주목하였다.

"내가 변하면 되는데, 류슬이도 그럼 편하겠지. 내가 변할 거야."

콧등이 찡해 왔다. 눈물을 보이고 싶지 않았다.

"현명한 아들, 행복한 가정이 될 거다. 널 믿는다. 엄마 인생이
널⋯⋯."

"엄마, 무슨 얘기야? 난 아버지 없이 자라온 거 불행하지 않았어.
이렇게 훌륭한 내 엄마와 함께 살아온 그것이 나의 행복이야. 엄마는
나의 멘토, 영원한 귀감이야. 내게 그런 엄마야. 류슬이가 엄마의 남
자였던 그 사람처럼 그랬으면 나도 엄마처럼 단호히 결별이지. 나 엄
마의 아들이야."

나에게 그는 개자식인데 아들은 언제나 얼굴도 기억하지 못하는
그를 '엄마의 남자였던 그 사람'이란다. 그가 너의 생물학적 아버지라
고 말해 주었으나 아들이 나를 빼닮아서인지 교정하지 않았다. 외모
는 나의 남자였던 그 개자식을, 내면은 엄격하고 반듯한 내 모습의
내 아들이 나는 대견스럽다.

아들네 집은 가깝지만 아들이나 류슬이가 데리러 오기 전에 내가
가는 일은 없었다. 시어머니의 방문을 반기는 며느리가 없을 터라서.

가뜩이나 급격한 호르몬 변화가 일어나는 갱년기의 나는 민감해서 말 한 마디도 조심하며 잠잠히 홀로 지내는 게 익숙하고 편안하다. 그런 내가 류슬이와 단둘이 만나 차분하게, 신중하게, 배려하며 물었다. 아들의 결단에는 어쩌면 출산문제도 포함된다는 생각이 들었다.

"맞벌이 부부라서, 더구나 류슬이 너 직장이 좋고 네 전공분야라서 출산을 미루는 모양이지? 맞는 생각인지 모르겠다만, 생각해볼 때가 되지 않았을까? 홀시어미가 주변에서 외로이 사니까 양육에 도움 될 텐데……."

"어머니……."

류슬이도 낮은 목소리로 반응하였다.

"저는 어머니 존경하고 신뢰해요. 배려심이 깊고 넓으신 어머니잖아요. 우린, 자식을 낳지 않기로 결혼 전에 이미 결정한 거예요."

놀랐지만 내색하지 않고 지그시 눈을 감았다. 더 할 말이 있으리라.

"남편 제안에 제가 동의한 거예요. 그런 중요한 결정은 결혼 전에 해야 맞는다고 저도 생각했고요."

아들의 제안? 아들의 제안? 내 아들이?

시간이 흐를수록 내 가슴에 의문부호가 줄지어졌다. 그러나 내 생각이나 의견을 말하지 않았다. 그러나 왜 내 아들이? 왜? 덧붙일 말이 없었다.

한 주간 내내 류슬이의 그 말이 이명처럼 귓가에 머물러 있었다. 새벽마다 교회에 가서 하나님께 물었다. 왜요 하나님? 힘들어서 기도할 때마다 하나님은 침묵하셨어요. 저는 뭐예요? 제가 그릇되게 살아오지 않았잖아요.

내 마음과 생각에 악의가 없잖아요. 어떤 경우 제 생각이나 판단에 오류가 있을 수는 있었겠죠. 그러나 결코 악의적이 아니라는 거 아시잖아요. 이혼, 그거 그 개자식이, 죄송합니다,

그가 그렇게 할 수밖에 없는 결정적 파국의 원인을 제공했잖아요. 저는 바르게만 살아 왔어요. 그런데 왜 홀로 살아온 외롭고 나약한 갱년기 여인의 손주라도 안아보고 싶은 이 소망마저 좌절시키세요. 열세 살부터 초로의 노파가 되기까지 초지일관 하나님만 믿고 의지하며 살아왔는데, 왜죠? 제게 왜 무관심하세요?

눈물만 주르륵 흘러내렸다. 처량하게 교회를 나서며 독백을 이어갔다. 힘들 때마다 도움을 청해도 번번이 침묵하셔서 너 바르게 사니까 네 판단에 맡긴다로 자의적 해석을 해왔고요, 결국 제 판단대로 살아왔어요. 그런데 제 판단의 옳고 그름을 지금, 잘 모르겠어요. 바르게, 바르게만 살았는데 저는 늘 이토록 외롭습니다. 그러자 네 아들이 결혼 전부터 자녀를 낳지 않기로 작심한 그 동기가 무엇인지 정말 모르겠느냐고, 오히려 무언의 책망을 듣는 기분이 든 것은 무슨 까닭인가.

한 주간 내내 고심하다가 아들과 마주앉았다.

"아이 낳지 않는 거 아들이 원한 거냐?"

"으응. 엄마, 류슬이에게 사연을 말하기는 싫었고, 엄마에게는 말할 수 없어서 안 하였고. 그냥 그렇게 덮어 줘."

자녀 낳지 않고 사는 다른 이유가 아들에게 있다는 게 놀라워서 나는 그 얼굴만 바라보았다.

"많은 생각을 했어, 엄마."

아들은 말을 잇지 않고, 아니 못하는 눈치였다. 그런 아들을 위하

여 나는 묵묵히 시선을 돌렸다. 말하지 않아도 된다는 배려였다.

"엄마는, 아들이 왜 그런 결정을 하였는지 알 거야. 하지만 분명히 해 두는 게 좋을 거 같아서 말인데, 난 그 사람의 유전자가 두려움이야. 난 엄마의 아들로만 살아야 해. 엄마가 이혼할 그 시절엔 이혼이 망측스럽고 해괴한 사건이었잖아. 그런데도 엄마가 이혼을 결단한 게 난 이해 돼. 류슬이는 일이 절대 우선이야. 내가 얼마나 참아낼지, 내 노력과 인내가 성공할지, 의문이야. 난 엄마의 그 남자처럼 될 가능성이 매우 높다는 걸 내가 알아. 그 유전자를 내 몸에서 제거할 방법이 없잖아. 요즘 여자들, 매력 넘치고 육감적인 허다한 여자들, 일만 아는, 일 중독증인 류슬이와 다른……. 하와가 따 먹은 금단의 열매가 보암직하고 먹음직했다지? 내 눈에도 어딜 가나 보암직하고 먹음직한 금단의 열매들이 주렁주렁이야. 하와이로 함께 여행가서……. 그런 욕구가 나에게만 있지 않겠지만 난 좀 강렬한…… 그런 걸 느껴. 류슬이 때문일까? 엄마, 미안해. 이런 말한 거. 엄마가 이해하는 걸로 그렇게 끝내줘. 난 엄마처럼 바르게만 살아가려 해. 전에 말했잖아. 엄마는 나의 롤 모델, 나는 엄마의 아들……."

오래 전, 아들이 찾는 아빠의 부재를 아들이 알 권리가 있다고 생각해서 이혼사유를 과장도 축소도 없이 알려준 까닭은 아들이 금단의 열매를 따 먹지 말라는 교훈적 의도가 있었던 게 사실이다. 그랬던 건데, 아들에겐 충격이었나 보다. 그날 이후 아들은 아버지를 그 내면에서 추방시킨 듯했다.

내 아들이 이 엄마만큼 독하게 마음을 다졌다고, 그래서 다행이라고 나는 안도하였다. 그로부터 우리 모자 사이에서 그 남자는 완전히 증발되었다. 표면상으로는. 난 참 다행이다 싶었는데, 자녀를 낳지 않

기로 하였다니,

나의 등골로 찬 기운이 흘렀다. 그날부터 아들은 나흘 동안 엄마에게 오지 않았고, 나는 그 나흘 동안 몸살을 앓느라 누워만 있었다. 내 몸의 저항력 감소가 현저히 느껴졌다. 외로움이 나를 짓눌렀다. 아들의 그 말, 류슬이 때문일까? 내 아들의 아버지는 그럼 나 때문이었을까?

불쑥, 낯선, 내 또래쯤의 중후한 신사가 집으로 찾아온 건 그 며칠 후였다. 그는 내 표정을 살피며 조심스럽게 입을 열었다.

"제 친구 장로의 부탁으로 왔습니다. 꼭 전해 달라고 해서요……."

"친구 장로라고 하셨나요?"

"오래 전에 부인의 남편이었던……."

내 남편이었던? 그 개자식이 장로라고? 장로? 장로가 된 거야?

"그는 지금껏 부인 주변에 머물러 있었습니다. 세 가지 약속을 다 지켰노라고, 그리 전해달라는군요."

내 주변에? 세 가지 약속? 그런 게 있긴 하지? 나는 반응 없이 듣기만 하였다.

"장로가 된다는 약속, 부인과 헤어진 후 다시는 만나지 않기로 한 약속, 부인만을 사랑한다는 그 약속……."

"죄송하지만……."

말문이 막혔다. 그러나 이내 침착한 어조로 말을 이었다.

"말씀 다 하셨으면 돌아가 주세요."

"그 친구 살아 있을 시간이 한 주간 정도라는데, 아들의 손 한 번 잡아보기를 원합니다. 암병동에 있습니다. 제 명함 뒷면에 적어 놨습니다."

그는 명함을 내밀며 더 할 말이 있는 듯 보였으나 나의 냉정한 반응으로 그냥 돌아갔다. 나는, 나를, 정말이지 어찌할 바를 모를 만큼 사방에서 흑암이 급습해 와 욱여쌌다. 망연자실하였다. 혀는 굳었고, 손이 떨려 명함을 떨어뜨렸고, 다리에서 힘이 풀렸다. 털썩 주저앉은 나는 그러나 통곡하고 싶은데 슬프지도 눈물이 나지도 않았다. 그러다가 마침내 끄-으-윽, 끄-으-윽, 광활한 들판에 홀로 남겨진 외로운 짐승의 소리로 울었다.

그러나 실상은 왜 우는지를, 슬퍼서인지 절망감인지, 절실하게 마음이 찢어지는 고독감인지, 해방감인지, 혹은 이 무슨 해괴한 감동인지, 행복감인지, 헤아리지 못하였다. 그는 줄곧 나를 떠나지 못하다가, 나만 바라보며 주위를 맴돌다가, 사랑의 갈증으로 그렇게 외롭고 외롭게 살아오다가…….

"아들, 엄마가 할 말이 있다."

그 날 저녁 퇴근길에 나의 연락을 받고 온 아들에게 예의 명함을 건네며 낮지만 신중하게 말하였다.

"뒷면에 네 아버지가 있다. 남은 시간이 한 주간 정도라는데, 아들 손 한 번 잡아보고 싶다는구나."

침묵하는 아들의 손이 미세하게 떨렸다. 아들은, 이 어미도, 입을 열지 않았다. 다시는 말을 하지 않으려는 의지로 굳게 입을 다물었다. 한참만에야 신음소리 같은 아들의 말이 들려왔다.

"주무세요."

아들은 금단의 열매를 따서 무지막지하게 입안에 우겨 넣고 삼켜

버린 오직 한 남자에 의한 엄마의 30여년 고독과 고통을 공유하며 살아오느라 늘 분노가 앙금처럼 가라앉아 있음을 나는 느꼈다. 아들은 이 절박한 상항에도 엄마의 그 남자를 절대로 용서하지 않겠다는 결의를 다지는 듯, 내가 보기에 그랬다. 하긴 나도 그를 용서하였던가. 현관을 나가는 아들의 뒷모습이 과다한 중량의 고독에 짓눌려져 주저앉을 것 같아 울컥하였다. 그로부터 열흘쯤 지난 우중충한 늦은 하오에 그 장로가 내 앞에 다시 나타났다. 말하지 않아도 그의 방문 이유를 나는 간파하였다.

"내일 오전 아홉 시, 환송예배가 있습니다. 우리 교회에서는 발인 예배를 환송예배라고 합니다. 고인의 뜻을 따라 화장해서 여의도 샛 강에 뿌려달라는 유언대로, 그렇게 합니다."

여의도 샛강, 우리가 만난 교회에서 멀지 않은 그 샛강, 샛강 소리에 나는 메신저를 등지고 돌아섰다. 결혼하기까지, 신혼시절에도, 우리는 즐겨 그 샛강에서 산책하였다. 얼마나 아름다운 시간이었던가. 죽어서도 내 곁을 떠나지 못하는 그는 나를 한없이 오열하게 하였다. 메신저는 묵묵히 돌아갔다. 아들의 마음을 충분히 읽으면서도 나는 다시 아들을 불렀다.

"아들은 가 봐야지? 유해를 여의도 샛강에 뿌려달라고 하였단다."

신음 같은 낮은 소리라 아들이 알아듣기는 하였을까.

"오래 전 엄마에게 들은 아버지 이야기, 그 때 나도 엄마처럼 아버지를 절대로 안 만난다고 나와 약속했어. 만나면 엄마 힘들고 속상할까 봐 찾아보려 하지도 않았어. 엄마, 엄마의 명령이면 난 순종하지만, 난 무슨 일이든 엄마에게 절대 순종하기로 나에게 약속했기 때문에, 하지만 내게 선택권을 준 거니까 내가 알아서 할게. 나도 나 스스로에게 한 나의 약속을 지키는 게……. 나, 나쁜 자식이지."

나가려는 아들의 뒷모습을 보며 간신히 알아들을 낮은 소리로 말했다.

"난 네가 일곱 살, 학생이 된 그 때부터……."

멈춰 선 뒷모습이 외롭고 가여웠다.

"……난 널 독립된 인격체로, 항상 네 뜻을 존중해 왔다. 네게 평안 있기를 기도하마."

한 주간 내내 아들의 모습은 보이지 않았다. 나는 극도로 우울하고 슬프고 허망하여 말을 잃었다. 식욕을 못 느껴 제대로 먹지 못하였다. 이렇게 며칠이 더 가면 약한 내 몸은 생명유지의 능력을 상실할 터이지만, 의욕의 찌꺼기도 남은 게 없으니 아무려면 어떠하랴. 그런 생각으로 시간만 먹었다. 잠시 바람이라도 쏘이려고 잘 디자인 된 주변 공원으로 산책을 가려고 나가려다가 현관문을 열지 못하고 현기증을 느껴 그 자리에 쓰러지듯 주저앉았다. 다시 일어나기가 수월치 않았다. 문득, 내가 참 독한 년이라는 생각이 일더니 다음 순간 독한 게 아니라는 강한 부정이 내면을 장악하는 것이었다. 오만 한 년-. 거친 책망이 들려왔다. 나는 깨끗하다는, 나는 항상 옳은 길로만 왔다는, 나의 양심은 훼손된 적 없다는, 나의 정의에 충실하게 살아왔다는, 그래서 나는 용서받을게 없고 용서하지 못하는 냉혹한 비정에 점령당한 년이라는…….

그때, 아들은 마치 실시간 감시카메라를 본 듯 나타났다. 매우 놀란 표정이다. 엄마, 왜 이래? 어디 아파? 얼굴이 왜 이래? 계속 굶은 거야? 엄마, 엄마, 병원 가자 엄마…….

아들은 나를 번쩍 들어 소파에 앉혔다. 그리고는 나를 끌어안고 펑 펑 울어댔다. 뭐라고 자꾸만 웅얼거리며. "왜 이렇게 가벼워? 아들이 참 나쁜 놈이네. 내가 나빠 엄마. 엄마가 아버지에게 가 보라고 말해주길 바랐는데, 그럼 갔을 거야, 난 엄마 핑계만 대고, 내가 나쁜 자식이야. 엄마."

"아들아, 내가……."

무슨 말이든 해주기 바라는 아들의 흠뻑 젖은 눈이 나를 슬프게 하였다.

"나는 내가 다 옳다는 생각에서 벗어난 적이 없더구나. 네 아버지는 실수하였지만 이 엄마는 독하였다. 용서를 모르는. 아들을 아버지 없이 키웠으면서 나는 아들을 사랑하며 가장 바르게 잘 키웠다고, 이 망령(妄靈)된 인생……."

눈물이 샘솟듯 흘러내렸다. 아들이 나를 안고 눈물을 닦아주며 말했다.

"엄마, 나도 그동안 많은 생각을 했어. 생각도 마음도 정리하느라 여러 날 엄마에게 못 왔어. 내가 참 나쁘네. 엄마, 내가 나쁜 자식이야."

그의 마지막 시간이 외롭지 않도록 배려할 마음조차 없는 비정하게 인색한 나는, 아들 손 한 번 잡아줄 기회도 박탈한 사악(肆惡)한 나는, 자칭 의인인 나는, 충동적으로 고함치고 싶었다.

나는 죄인입니다─, 나는 죄인입니다─,

문득, 일곱 번씩 일흔 번이라도 용서하라는 성경의 가르침이 미세한, 그러나 의문의 여지없는 분명한 소리로, 아니 가슴의 울림인 듯, 나를 타격하였다. 두려움을 느끼며 아들을 끌어안았다. 나는 한동안 말없이 끌어안고만 있었다.

"엄마, 우선 엄마 몸 좀 추스르고……, 엄마와 나, 그 샛강에 가자." - 끝 -

기독교문학과 현의섭

문학평론가 황헌식

2019년, 그러니까 현의섭 작가가 80세에 근접한 나이에 발표한 장편소설 『제5복음서』와, 80이 된 2021년에 발표한 단편소설 '정의의 오만'은 그가 늦은 나이인 1978년(37세)에 중편소설 『지석(誌石)』으로 데뷔한 이래 발표한 60여 편의 소설 중에서 단연 돋보이는 작품이다. 단언컨대 현의섭이 아니면 쓸 수 없는 출중한 작품이다.

『제5복음서』는 작가의 말에서 밝혔듯 1990년부터 18개월에 걸쳐 국민일보에 연재한 소설 『영원한 생애』(3권으로 출간된 제목은 『소설 예수그리스도』)에 기반하여 단권으로 다시 쓴 작품

현의섭

『소설문예』 등단, 장편 『죄인의 아들』, 『어찌하여 나를 버리시나이까』, 『소설 예수 그리스도』,
『제5복음서』 외, 한국문인협회. 국제펜, 한국소설가협회 회원, 한국크리스천문학상 수상,

시편 4행 시

남춘길　백혜숙　서철수
이건숙　이향란　임경원
전기옥　최춘미　조미구
조부경

시편에 흐르는 하나님사랑

남 춘 길

눈물로 참회하는 다윗의 모습
인간을 향한 하나님 사랑
꾸중 그리고 회복
진정한 회개는 용서받는다.

나의 목자 여호와

백 혜 숙

진정 여호와로 목자를 삼았는가?
그러므로 내게는 부족함이 없는가?
부족한 믿음 이대로 주님 앞에 엎드려
오늘도 나는 나의 시편을 쓴다.

시편 속의 다윗

서 철 수

탄식과 감사와 찬양과 축제와 예배 등으로
스며 있고 녹아 있는 시편의 말씀 150편.
다윗이 그 절반 분량을 기록하고 있네
그러니 하나님 마음에 합한 자(행13:22)로 손꼽혔나 보다.

상한 심령 위로

이 건 숙

골방에서 기도하는 책 시편엔
하나님 원하시는 제사는 상한 심령
죄악을 숨기지 아니하니 사하여주셨다는
다윗의 회개기도가 언제나 위로가 되네.

시편의 노래

이 향 란

1편에서 150편까지 강물처럼 흐르는 복 있는 사람
애통하는 자의 기도소리, 119편의 하루 7번 기도
다윗은 희노애락을 기도와 찬양으로 올렸네.
선악 간에 심판하는 하나님 아버지

주님만 따르니

임 경 원

일말의 어김없이 주님만 찾은 다윗
주님 앞에 극과 극을 달렸지만
죽음을 넘나드는 사선에서 100% 주님만 따르니
다윗의 목숨과 시들은 절대 시들지 않았다

다윗, 승리의 비결

정 기 옥

다윗은 언제나 하나님을 의뢰했습니다.
대적 앞에서도 용감할 수 있는 비결이었습니다.
다윗은 하나님 앞에서 살았습니다.
하나님만이 구원자이심을 알았기 때문입니다.

주의 이름이 얼마나 아름다운지

정 춘 미

주의 손가락으로 만든 모든 것 찬양
그의 이름 얼마나 아름다운지 진심으로 감사
자신을 실족하지 않게 하신 여호와
다윗은 온 세상 종을 울려 퍼지게 하였도다

날마다 하나님을 찬양하라!

조 미 구

하나님의 창조와 구원의 은혜를 찬양하라
말씀에 뿌리내리고 하나님께 순종하라
내 잔이 넘치도록 축복하시는 하나님을 찬양하라
오늘부터 영원까지 하나님을 찬양하라!

다시 피어나는

조 부 경

기쁨으로 주 앞에 노래하며
감사로 그 문에 나아가네.
선하신 주 인자 영원하고
진실하심 끝없이 흐르네.

일이 년이 아닌 긴 세월 사랑하며 헌신했던 모든 걸 내려놓으니 허전하고 가슴 저려 온다. 물러설 때가 이미 지났어도 해보려는 의욕을 육신이 따라주질 못했다. 기도하며 겸허하게 내려놓고 돌아서니 그간 한 식구처럼 헌신했던 여러분들이 모두 힘을 모아 '크리스천문학나무숲'을 세우는 모습을 보며 큰 위로와 잔잔한 기쁨을 요즘 누리고 있다. 저희 부부는 울타리로 둘러주고 고임돌로 크문을 계속 고여 줄 마음 다짐하면서 회원 여러분께 큰 박수를 보낸다. / 이건숙

주인이 떠난 빈집을 지켜내듯 문학의 숲단지를 조성하였습니다. 단지를 만들었으니 멋진 숲으로 성장하기를 기대해 봅니다. 회원들의 열심과 독자들의 응원이 빛을 발하기를 꿈꾸어 봅니다!! / 남춘길

진통과 조정과 기다림으로 새롭게 출발하는 본회 위에 지경이 더욱 넓어지고 주님의 문화명령에 초점 맞추어가길 간절히 소망합니다. / 서철수

긴 방학을 보내고 기지개를 켭니다. 필진들 한 분 한 분 위로부터 오는 영감과 손끝의 노력으로 멋진 나무 가득한 문학의 숲을 키워 가기를 바랍니다. / 백혜숙

마른 땅에 숨결이 돌고, 그 끝에서 새로운 꿈이 자라난다. 숲속 바람, 그 속에 담긴 위로는 묵은 상처를 고쳐주고 사랑으로 남는다.

/ 조부경

버리는 폐 벽돌을 한 트럭 얻어와 교회 주차장을 확장하고 동네 새 길을 만들었습니다. 한 장 한 장 벽돌을 반듯하게 쌓으며 언제 다 정리해 제 모양을 갖출까 걱정이었지만 버려진 돌이 모퉁이의 머릿돌이 되었습니다. 크리스천문학나무숲 앤솔러지도 새로운 길로 또 한걸음 뚜벅뚜벅 전진하기를 소망합니다.

/ 정기옥